번역가 K가 사는 법

번역가 K가 사는 법

김택규 지음

이대로
죽을 수는 없다

더라인북스

차례

1부 나의 이야기

2부 기획 이야기

3부 번역 이야기

부록

출판번역가는 외국어 전문가가 아니다

딸애가 커가는 걸 보면서 가끔 우스꽝스러운 생각이 들곤 한다. 그 애가 나중에 남자친구를 만나고 결혼을 하게 된다면 신랑 측 부모는 사돈의 직업이 출판번역가라는 것을 알고 과연 어떤 이미지를 떠올릴까. 그리고 마음에 들어 할까, 아니면 못마땅해할까. 부디 그분들이 교양인이기를 바란다. 번역이 한 나라의 문화에 끼치는 영향력과 번역가라는 존재의 가치를 높게 평가해줬으면 한다. 하지만 이런 나의 기대는 아마도 과욕일 것이다. 그래도 그들이 출판번역가에 대해 일반적인, 하지만 그릇된 이미지를 갖고 있다면 적극적으로 고쳐줄 용의가 있기는 한데, 그 이미지는 과연 어떤 것일까.

첫째, 출판번역가는 외국어 전문가라는 것이다. 하긴 외국어를 잘한다는 이유만으로 장래 희망이 출판번역가인 학생들이 아직도 많은 것을 보면 이런 오해는 그래도 이해해줄 만하다. 사실 출판번역가는 외국어 전문가라기보다는 모국어 전문가이며 나아가 어느 정도는 '문장가'라고 할 수 있다. 지금껏 나는 여러 후배들에게 일거리를 소개해 출판번역가로 데뷔시켰지만 회화든 독해력이든 그들의 중국어 실력을 본 적은 없다. 오로지 그들의 한국어 문장력만 눈여겨보았다. 심지어 그것조차 안 본 적도 있다. 몇 다리 건너 아는, 모교 스칸디나비아어과 재학 중인 후배가 교내 문학상에서 소설로 당선했고 또 중국에서 2년간 연수한 적이 있다는 말만 전해 듣고서 바로 그에게 연락해 책 번역을 턱, 맡긴 적이 있었다. 후배는 내 기대대로 생전 처음 해보는 두꺼운 역사서 번역을 거뜬히 해냈고 그 후에는 난해한 장편소설 번역까지 뚝딱 해치웠다. 이미 소설가급 문장력을 갖췄는데 번역가로서 무엇이 더 필요하단 말인가. 그에게 외국어 실력은 중국 연수 경력 2년만으로도 충분하다고 생각했다. 그 정도면 기본 문법과 독해력은 습득했을 테고 나머지는 사전이 보충해줄 테니까.

둘째로 예상되는 출판번역가의 일반적인 이미지는 '은둔자'다. 1년 365일을 골방에 틀어박혀 오직 텍스트만을 벗 삼는 직업이라고들 생각한다. 이에 대해 나는 서슴없이 아니라고, 적어도 중국어 출판번역가는 정반대로 활동가일 수 있다고 답하련다. 역사가 오래되고 일거리가 많으며 기획, 저작권, 번역 업무가 기획자, 저작권 에이전트, 번역가에게 정확히 나누어져 있는 영어와 일본어 번역서 분야에서는 번역가가 번역에만 몰두할 수도 있을 것이다. 하지만 중국어 출판번역가는 여러 업무에 다 관여하며 그래야만 자기가 선호하는 책의 번역을 그럭저럭 먹고 살 수 있을 만큼 확보해 살아갈 수 있다. 나만 해도 노트북과 휴대폰에 모두 카카오톡과 위챗이 깔려 있어 매일 한국과 중국의 출판사들을 연결해주며 매년 서너 번은 중국에 가서 현지 출판사들을 돌며 저작권 수입을 의논한다. 물론 저작권을 수입하려는 한국 출판사 측에 기획서와 검토서를 제공하는 일 역시 내 몫이다. 골방에 틀어박혀 번역만 한다고? 내게 그런 복은 없다. 번역가를 넘어 활동가로서 기획, 저작권, 번역 업무에 다 관여하면서 마지막에 책이 출판되기까지 총체적인 '텍스트 설계자' 역할을 한다.

이 책은 이처럼 외국어 전문가도, 은둔자도 아닌 중국어 출판번역가가 살아가는 법에 관해 이야기할 것이다. 설명하지도, 보고하지도 않고 단지 '이야기'를 해나갈 것이다. 1부에서는 지난 20여 년간 내가 중국어 출판번역가로 데뷔하고, 성장하고, 좌절하고, 딴 길로 샜다가 다시 돌아와 활로를 개척해온 과정을 이야기할 것이고, 2부에서는 내가 기획한 책들에 담긴, 책을 발견하고 출간하게 되기까지 나와 출판 관계자들이 겪은 고심과 우여곡절을 이야기할 것이다. 그리고 3부에서는 구체적인 번역 과정에서 중국어 출판번역가가 주의해야 할 몇 가지 기본 원칙들과 번역 스케줄 짜는 법을 역시 이야기체로 서술할 것이다. 따라서 이 책은 번역 지침서가 아니라 번역에 관한 이야기책이며 번역 중에서도 중국어 출판번역에 관한 이야기를 주로 다루고 있다. 비록 부록의 세 꼭지는 각기 중국 출판사에 접근하는 방법, 한해 중국 출판계 동향을 한눈에 알아볼 수 있는 베이징국제도서전에 관한 소개 그리고 한국어 문장력 단련법에 대한 논의로서 상대적으로 설명문의 성격이 짙기는 하지만 그래도 역시 중국어 출판번역 이야기의 유기적인 일부에 속한다.

마지막으로 내가 이 책에 두고 있는 의의를 한 마디 더 보태고자 한다. 이 책은 2018년 출판된 『번역가 되는 법』을 잇는, 번역에 관한 내 두 번째 책이다. 하지만 출판번역 일반에 관해 다룬 첫 번째 책과 달리 일부러 범위를 좁혀 '중국어 출판번역'에 초점을 맞췄다. 이에 대해 혹자는 타깃 독자의 범위가 너무 좁아 책이 잘 안 팔리지 않겠느냐고 우려하겠지만, 내가 맨 처음 이 책을 구상한 의도가 너무 뚜렷하기에 어쩔 수 없다. 나는 이 책이 21세기 전후, 한국이라는 특수한 나라에서 중국어 출판번역이라는 특수한 직종에 종사한 이들의 구체적인 삶과 정체성에 관한 문화사적 기록이 되었으면 한다. 그래서 훗날 한국의 이 기형적이고 고립적인 엘리트 학술의 풍토에서도 혹시나 '번역사(史)'에 대한 집필이 시도된다면 거기에 작게나마 보탬이 되기를 희망한다. 기업인은 돈을 추구하고 교수와 공무원은 생활의 안정을 추구하지만 글쟁이는 오직 명예를, 그것도 무슨 그럴듯한 사회적 지위가 아니라 자신이 사멸한 뒤에도 자기가 쓴 글이 남아 읽히기를 바란다. 만약 출판번역가도 글쟁이라면(당연히 그렇다고 나는 믿는다) 내가 이 책에 그런 희망을 건다고 해서 꼭 욕심쟁이라는 소리를 들을 필요는 없지 않을까. 게다가 희망은 다 실현되지 못하고 그저 희망에 그치는 경우가 더 많으니까 말이다. 물론 나는 결과를 못 보고 그저 희망만 품은 채 사라질 가능성이 크므로 몹시, 괜찮다.

2020년 8월 24일

김택규

1부

나의 이야기

이어지는 글들은 나의 이야기지만 나만의 이야기는 아니다. 다른 출판번역가 동료들도 일부는 나와 유사한 경험을 했으리라 생각한다. 그러나 내가 중국어 출판번역가이기에 겪었던 특수한 경험도 일부 존재한다. 내 개인적인 경험을 이렇게 술회하는 것은 중국어 출판번역에 관한 방대한 정보를 경제경영서처럼 건조하게 서술하기가 싫기 때문이다. 역동적인 내러티브 속에서 그 정보들이 감성적인 방식으로 독자들의 마음에 스몄으면 한다. 다행히 내가 중국어 출판번역가로 걸어온 이야기는 제법 구구절절하다.

중국이 싫으면 어때

대학 중국어과 신입생 환영회 때 90학번 신입생들이 차례로 자기소개를 하는 시간이 있었다. 나는 벌떡 일어서서 천연덕스럽게 말했다.

"김용(金庸)의 무협소설을 읽다가 흠뻑 빠져 중국어과에 들어왔습니다!"

선배, 후배 할 것 없이 까르르 웃었다. 무협소설이 좋아 중국어과에 들어왔다고 하니 꽤나 재미있었던 모양이다. 하지만 그것은 거짓말이었다. 그냥 분위기를 부드럽게 만들려고 그런 말을 했을 뿐이다. 물론 김용 무협소설에 매료된 시절이 있기는 했다. 하지만 그때는 중학교 2학년부터 고등학교 1학년 때까지였고 나는 결코 김용 무협을 중국어로 읽기 위해 중국어과에 들어간 것은 아니었다. 또한 설령 그랬다고 하더라도 그 목표를 이루는 것은 불가능했을 것이다. 김용 무협을 원문으로 읽는 것은 만만치 않다. 1980년대 한국에서 밀리언셀러가 되었던 김용의 『영웅문』 3부작(원서의 이름은 『사조영웅전』[射雕英雄傳], 『신조협려』[神鳥俠侶], 『의천도룡기』[倚天屠龍記] 였다)은 편역서였다. 김일강이라는 역자명이 표지에 박혀 있기는 했지만 그것은 가공의 이름이었고 사실은 당시 서울 시내 중문과 대학원생들이 집단 번역을 했다. 그리고 그 원고를 당시 고려원 편집자들이 대폭 윤문, 편집을 해서 출판했다. 그 과정에서 김용의 섬세한 묘사와 중국 전통문화에 관한 지식이 대폭 잘려 나갔다. 철저히 한국 무협 독자들의 취향에 맞춰 텍스트를 가공한 것이다. 나는 그 사실을 훗날 대학원에 진학해 번역 일을 시작하고 나서야 알았다. 현대 중국 무협에서 김용과 쌍벽을 이루는, 고룡(古龍)의 『신유성호접검』(新流星胡蝶劍)을 만화 시나리오용으로 번역할 일이 있었는데, 시간당 원고지 8매 번역이 가능할 정도로 수월해서 김용의 무협은 어떤지 호기심에 대조를 해봤다가 기겁을 했다. 김용의 문체는 고문의 성격이 강하고 섬세했다. 일명 '시나리오 무협'이라 불릴 정도로 대사가 절대적으로 많은 고룡의 문체와는 천지 차이였다. 김용의 무협은 시간당 원고지 3매를 번역하는 것도 힘들어 보였다.

어쨌든 내가 중국어과에 입학한 것은 무슨 무협소설과는 전혀 무관했다. 호랑이 교사였던 아버지의 '지시'에 따라 중국어과에 들어갔을 뿐이었다. 나아가 문학은 쓸데없으니 언어만 배우라고 해서 중어중문과를 피해 굳이 중국어과에 들어갔다. 겉으로 보면 나는 주관도 없고 뱃도 없는 놈이었던 것이다. 그러나 내 속내는 달랐다. 나는 중국어과든 중어중문과든, 아니 다른 무슨 엉뚱한 과를 가든 아무 상관 없었다. 고교 시절 내 친구들과 선생님들은 모두 내가 국문과나 문예창작과에 진학할 것이라고 예상했다. 그만큼 나는 당시 한국시와 평론에 깊이 빠져 있었고 공부보다 독서와 글쓰기에 골몰했다. 하지만 작가를 루저라고 생각했던 부모님과 맞설 용기가 없었기에 나는 순순히 아버지의 뜻대로 전공을 택했다. 그리고 생각했다. '어디를 가도 좋아. 나는 어쨌든 책을 읽고 시를 쓸 테니까.'

중국어과 대학생이 됐지만 내 생활은 중, 고교 때와 크게 달라진 것이 없었다. 대학 독서 동아리에서 온갖 종류의 인문학서와 시, 소설, 평론을 읽고, 정리하고, 토론했고 혼자 있을 때는 시를 끼적였다. 이런 생활은 훗날 석사 때까지 이어졌다. 과와 전공은 나와 거리가 멀었다. 한 학년에 정원이 백 명이나 되는 큰 과였는데도 친한 친구와 선배가 거의 없었다. 전공 수업도 F만 안 맞게 최소한도로 출석했고 성적은 B0만 넘게 형식적으로 공부했다. 그러니 중국어가 늘 리 없었다. 4학년 때까지도 간신히 기본 문법만 익힌 상태였다. 솔직히 스스로 소설가나 시인이 될 소질이 없다는 것은 알고 있었지만, 그래도 독서와 글쓰기를 떠난 나를 상상할 수 없었기에 무대책으로 그런 생활을 이어갔다. 토익도, 토플도, HSK도 준비해본 적이 없었다. 독서 동아리의 연간 심포지엄에 맞춰 1학년 때는 알베르 카뮈를, 군대에 가서는 헤르만 헤세를, 2학년 때는 움베르트 에코를, 3학년 때는 카프카를, 그리고 4학년 때는 마르케스를 각각 1년 내내 공부했다. 그 작가들의 작품 전권과 창작 노트, 관련 이론들을 꾸역꾸역 읽고, 노트에 인상적인 문장을 베껴 쓰고, 떠오르는 단상을 추려 에세이를 완성했다. 남는 시간 역시 끌리는 한국 작가들의 작품을 읽는 일에 고스란히 할애했다. 그것이 내 4년 대학

과정의 전부였다. 목표 없는 폐쇄적 문청의 나날이었고 중국, 중국어, 중국 문화 같은 것은 내게 아무 의미가 없었다.

그러다가 마침내 졸업이 날카로운 칼날처럼 목전에 닥쳤다. 당연히 나는 취업을 위한 준비가 전혀 돼 있지 않았고 취업할 마음도 없었다. 그저 지금 같은 '문화 백수'의 삶을 어떻게 합법적으로 연장할 수 있을까, 하는 바람뿐이었다. 졸업 직후 결혼해야 했던 지금의 아내가 곁에 있었지만 어쩔 수 없었다. 4학년 1학기 때 시험 삼아 등록한 공무원학원에서 딱 하루 수업을 들어보고 깨달았기 때문이다. 나는 세상일에는 아무짝에도 쓸모없는 인간이라는 것을. 앎과 글이 있는 삶이 아니면 도저히 살아갈 수 없었다. 그래서 대학원으로 진로를 택했고 우선 타 대학 국문과 대학원을 떠올렸지만 역시 갈 도리가 없었다. 영어 점수가 필요했기 때문이다. 나는 시험공부 같은 데 시간을 쓰기는 싫었다. 그나마 현실적인 전공을 택하는 게 최소한도로 생활과 타협하는 게 아닐까 싶어 사회과학 대학원 진학도 생각해보았다. 하지만 도서관에서 며칠 사회학 기본서들을 읽고 또 깨달았다. 건조하고 또 건조한 학문이었다. 내가 평생을 걸

만한 분야가 아니었다. 문학을 위한 철학, 사회과학 공부는 재미있었지만 전공으로 그런 공부를 하는 것은 내 체질에 맞지 않았다.

결국 나는 모교 대학원 중어중문과에 진학했다. 중국어도 모르고 중문학에도 관심이 전무했지만 그것만이 내가 문화 백수의 삶을 계속 도모할 수 있는 유일한 방법이었다. 모교여서 필기시험을 볼 필요도 없었다. 그간 뒤늦게 내 성향을 철저히 파악한 부모님도 어쩔 수 없이 대학원 진학에 동의해주었다. 곧 나와 결혼한 아내는 서로 다른 주제의 세미나 모임이 일주일에 5, 6개나 되는 내게 진저리를 쳤지만 자신도 대학원 영문과에 진학했기 때문에 어느 정도 이해해주었다. 우리 부부는 어쩌면 그렇게 별일 없이 계속 살아갈 수도 있었을 것이다. 결혼 이듬해에 바로 아이가 생기지만 않았다면 말이다.

돈을 벌어야 했다. 학비와 최소한의 용돈은 부모님의 보조와 학과 조교 근무로 해결할 수 있었지만 아이를 건사하기 위한 비용은 따로 벌어야만 했고 내게 돈을 벌 수 있는 기술은 알량한 글재주밖에 없었다. 그래서 리라이터 일을 했다. 문장력이 모자라는 무협작가의 소설을 윤문해주기도 하고 또 그 작가와 손을 잡고 영화 시나리오 소설을 쓰기도 했다. 스토리를 창작할 능력과 마음은 없었지만 이미 있는 스토리를 재료로 삼아 그럴듯하게 소설을 만들어주는 것은 내게 그리 어려운 일이 아니었다. 하지만 완성해준 시나리오 소설이 7만 부나 팔렸는데 고작 3백만 원밖에 못 받고 나서 깨달았다. 이 일은 아르바이트감밖에 못 된다는 것을. 이 시대에는 스토리가 값이 나가지 문장력은 싸구려 취급만 받는다는 것을. 나는 어쩔 수 없이 내 허울뿐인 전공으로 다시 눈을 돌려야 했다. 대학원에 와서도 전공 수업은 형식적으로 참여하고 프로이트, 라캉, 부르디외, 칸트 미학 세미나에나 열중하고 있었지만 난생처음으로 중국어와 관련된 일거리를 찾아보려 했다.

당시 중국어과 학과장실에서 대학원 조교로 일하고 있었기 때문에 번역 아르바이트를 구하는 전화를 종종 받곤 했다. 나는 그중에서 타이완 그림책 전집 번역 일을 골랐다. 그것은 허먼 멜빌의 「필경사 바틀비」, 제임스 조이스의 「더블린 사람들」, 루쉰의 「광인일기」 같은 세계 문호들의 단편에 볼로냐국제아동도서전 수상 경력이 있는 세계 유명 삽화가들이 그림을 붙인 스무 권짜리 전집이었다. 비록 역자로 내 이름 대신 'OO출판사 편집부'가 들어가고 원고료도 원고지당 2천 원에 불과했지만 내 취향에 딱 들어맞는 번역감이었다. 지금 돌아보면 그 번역은 어려우면서도 쉬웠다. 사전을 너무 많이 찾아야 해서 어려웠고 내 구미에 맞는 텍스트여서 쉬웠다. 석사 2학기였던 당시에도 내 중국어 실력은 그저 기본 문법이나 아는 수준이었다. 대학원 입학 후 억지로 중국어 논문들을 읽어야 해서 독해력이 조금 늘기는 했지만 단편소설을 쓱쓱 읽을 수 있는 수준은 절대 아니었다. 게다가 그 전집은 말이 그림책이지, 텍스트는 거의 어린이용으로 개작이 안 돼 있었다. 문장이 구체적이고, 단단하고, 때로는 심오했기에 나는 페이지마다 스무 번 이상 전자사전을 두드려 단어 뜻을 찾아야 했다. 하지만 일단 뜻만 파악되면 문장을 구성하는 것은 쉬웠다. 게다가 즐거웠다. 낯설고 이질적인 중국어가 차례차례 나만의 문장으로 옮겨지는 것에서 희열을 느꼈다.

그때나 지금이나 나는 번역할 때 "번역을 하고 있다"는 느낌보다는 "글을 쓰고 있다"는 느낌이 강하다. 중국어를 한국어로 변환하고 있는 것을 의식하기보다 중국어가 내 머릿속에 각인해놓은 심상을 내 글로 자유롭게 풀어내는 데 집중하는 것이다. 그래서 내가 번역한 텍스트는 원작자의 것이 아니라 나의 것이다. 원작자의 숨결이 깃들어 있긴 하겠지만 그것은 내 의도가 아니라 원작자의 숨은 영향력일 뿐이며 나는 번역 과정 내내 그것을 눈치보지 않는다. 나만, 내 글만 중요하며 원작자와 원문은 그저 원천으로서 알아서 내게, 내 글에 영향을 끼쳐야 한다. 나는 비록 번역가이지만 온전히 내 모국어로 호흡하고 내 모국어 안에서 자유롭다.

그 그림책 전집의 번역은 내게 번역의 그런 묘미를 깨닫게 해주었다. 당시에도 나는 여전히 중국에 관한 모든 것이 마음에 들지 않았다. 루쉰, 라오서(老舍), 마오둔(茅盾), 바진(巴金) 등 중국문학의 거장들은 카프카, 보르헤스, 도스토예프스키 같은 서양 문학의 거장들과 비교해 수준 이하로 보였고 그 칭송받는 중국 고전문학도 나와는 전혀 코드가 안 맞는다고 단정했다. 주변의 중국 마니아들이 중국 차와 술, 연극, 영화 등에 열광하는 것도 내게 영향을 주지 못했다. 나는 오직 스타일리시한 글에만 반응하는 텍스트 숭배자였기 때문이다. 하지만 이제는 다소 생각이 달라졌다. 중국이 싫으면 어떤가. 나는 번역을 하면 그만인 것을. 중국의 문학이든 다른 인문학이든 설령 서양의 것에 한참 못 미치더라도 번역을 경유해 내게 글쓰기의 희열을 느끼게 해줄 수만 있다면 상관없다는 생각이 들었다. 번역가로서의 내 눈은 처음부터 중국과 중국어를 넘어 오로지 내 글의 잠재력을 구현하는 데만 쏠려 있었던 것이다.

그 후로도 나는 계속 '중국에 관한 모든 것'에 심드렁한 채 석사를 마쳤고 박사과정에 진학했다. 루쉰의 시를 주제로 1년이나 석사논문을 썼지만 그래도 루쉰이 좋아지지는 않았다. 그는 신랄한 에세이스트이자 급진적 지식인이었을 뿐이지 절대 '문호' 같은 것은 아니라고, 문학작품으로 자신의 위대함을 증명한 작가는 아니라고 생각했다. 한편 그사이에는 변변한 번역을 할 기회가 없었다. 역시 이름을 표지에 못 올리는 조건의 홍콩 무협만화와 무협소설만 번역했을 뿐이다. 그러던 어느 날, 나는 우연한 기회에 한 책과 만났고 그 책의 번역은 '강제로' 나를 본격적인 출판번역가의 길로 밀어 넣었다.

번역하다 죽어도 좋아

2000년 여름이었던 것으로 기억한다. 막 중어중문학 박사과정에 진학해 학술논문 한 편을 쓰려고 끙끙대고 있는데 '친애하는' 유세종 교수님에게서 갑자기 전화가 왔다. 유세종 교수님은 다른 대학의 교수이긴 했지만, 혼자 하고 싶은 공부만 하느라 모교에서 몹시 고립돼 있던 나를 늘 격려해주신 고마운 분이었다.

"사회과학서 번역 의뢰가 들어왔는데 내가 여유가 없어서 말이야. 출판사에 너를 추천했어. 너라면 잘할 것 같아서. 한번 찾아가 봐."

가슴이 쿵, 내려앉았다. 내 이름을 건 번역서를 이렇게 처음 계약하게 되는 것인가? 유 교수님이 알려준 출판사의 이름은 '삼인 출판사'였다. 진보적인 사회과학 전문 출판사로 꽤나 유명한 곳이었지만 아직 출판계 사정에 어두웠던 내게는 낯선 곳이었다.

사우나처럼 습한 대기 속을 허우적거리며 마포도서관 뒤쪽 건물에 위치한 삼인출판사를 찾아갔다. 그 낡은 건물은 조용하고 어둑어둑했으며 이층 삼인출판사에서 만난 중년의 남자 편집장도 조용하고 안색이 어두웠다. 휴식과 마음의 평화가 필요한 분인 것 같다는 생각이 들었는데 과연 몇 년 뒤 퇴사해 힐링 전문 서적을 내는 출판사를 차렸다.

"이 책입니다."

편집장이 내민 책은 중국어 원서를 복사해 제본한 것이었다. 400쪽 정도로 보였고 회색 표지에는 '사화중온'(死火重溫)이라는 제목이 적혀 있었다. 지은이는 왕후이(汪暉). 처음 듣는 이름이었다. '사화중온'은 루쉰 시의 한 구절로서 굳이 풀이하자면 "꺼진 불이 다시 따뜻해지다" 혹은 '죽은 불의 부활'이다. 이 제목은 훗날 삼인출판사 편집자가 "죽은 불 다시 살아나"로 멋지게 바꿨다.

"중국학 하시는 분들에게 꽤 여러 번 번역을 의뢰했는데 수락하시는 분이 없더라고요."

편집장은 쓰디쓴 웃음을 지었다. 아무래도 그 웃음이 그분의 트레이드마크인 듯했다. 왕후이라는 학자의 논문과 인터뷰, 서평 모음집이라는 그 책을 펼쳐 목차를 확인하는 순간 숨이 턱 막히고 가슴이 두근거렸다.

1부 현대성의 배리

1장 현대성 문제에 관한 대담

2장 오늘날 중국의 사상 동향과 현대성 문제

3장 '과학주의'와 사회이론의 몇 가지 문제

4장 세계 산출과 정당화의 지식 과학기술

.....

2부 죽은 불 다시 살아나

1장 죽은 불 다시 살아나

2장 경계 없는 글쓰기

3장 절망 이후

.....

내가 숨이 막혔던 것은 그렇게 최신의 이론과 문제를 다룬 중국어 텍스트는 처음 접했기 때문이며, 또 가슴이 두근거린 것은 그런 책을 번역하면 얼마나 멋질까,

하는 생각이 들었기 때문이다. 삼인출판사에서 그 책의 역자를 구하지 못해 애를 먹은 것은 당연한 일이었다. 1부의 내용은 중국 현대 사상사로 철학이나 사회과학 전공자가 번역해야 했고 2부의 내용은 루쉰 문학에 대한 저자의 총체적 성찰이어서 현대문학 전공자가 번역해야 어울렸다. 분과학문들 사이를 가로지르는 내용이었기에 누가 번역을 맡아도 자기 전공 외의 학습이 따로 필요했다. 그런 까다로운 번역을 누가 선뜻 맡으려 하겠는가. 그래서 그 책은 여러 학자들의 손을 전전하다가 결국 나 같은 신출내기 박사과정 학생에게까지 흘러왔을 것이다.

"제가 해보겠습니다!"

나는 벅찬 가슴을 억누르며 편집장에게 말했다. 지금 생각해보면 며칠 말미를 달라고 해야 했다. 그렇다고 결과는 다르지 않았겠지만 그 결정은 내 인생에서 너무나 중대한 것이었기에 마땅히 더 뜸을 들이며 그 책이 내게 가져올 풍파를 가늠해야만 했다. 그러나 나는 일고의 여지도 없이 번역 계약을 수락했으며 그 대가로 그 후 2년간 평생 경험해보지 못한 일들을 아무 마음의 준비 없이 겪어야 했다.

『죽은 불 다시 살아나』의 번역량은 원고지 3천 매였고 햇수로 2년이 걸렸지만 실질적으로 내가 할애한 시간은 네 번의 방학, 즉 8개월이었다. 학기 중에는 도저히 시간을 낼 수가 없었다. 수업을 들어야 했고 대학 강의를 해야 했으며 조교 일과 집안일, 그리고 독서 세미나도 있었다.

당시 나는 점점 공부에 지쳐가고 있었다. 우선 전공인 중국문학 공부는 내 정체성 문제와 맞물려 나를 회의에 빠뜨렸다. 외국인인 내가 중국문학을 학습해 논문을 쓰는 것이 무슨 의미가 있단 말인가. 무엇보다 중국 학자들만큼 중국문학을 깊이 연구하고 정밀한 논문을 쓸 자신이 없었다. 중국어가 모국어인 그들만큼 원문 텍스트를 많이 소화하기도 힘들고 또 풍부한 중국문화의 콘텍스트 안에서 자란 그들만큼 텍스트의 이면을 섬세하게 포착하기도 힘들다는 생각이 들었다.

그렇다면 나의 역할은 '한국의 중문학자'로서 우리 지식계에 기여하는 것일 텐데 한국의 지식 담론에서 중국학이 차지하는 비중은 예나 지금이나 협소했다. 게다가 대학 중심의 학계는 교수 신분을 얻고 교수 사회를 유지하는 데 급급할 뿐, 일반 지식 담론을 형성하는 데는 무관심해 보였다. 각 학회에서 발행하는 학술지의 존재 의미도 그저 교수, 강사들의 취업과 신분 유지에 그치는 듯했다. 몇 달간 공들여 논문을 써서 학술지에 실어도 그것을 읽어주는 사람은 전국을 통틀어 몇 사람 되지 않았다. 이런 글을 쓰려고 내가 그토록 오래 공부를 했단 말인가.

물론 대학원에 진학하는 대부분의 학생들처럼 나도 처음부터 교수가 되는 것이 목표였다면 이런 회의에 빠지지 않았을지도 모른다. 그러나 나는 애초에 그런 목표가 없었다. 그저 계속 책을 읽고, 글을 쓰고, 그것을 발표해 공유할 수 있는 공간이 필요했을 뿐이다. 하지만 한국의 대학원은, 학계는 그런 곳이 아니었다. 대학이라는 거대하고 기형적인 사회에 필요한 행정, 교수 요원을 양성하는 것이 주된 기능이었고 학문과 논문이라는 것은 그들을 범주화하고, 경쟁시키고, 간편하게 포섭하고 배제하기 위한 형식적 기준에 불과했다. 애초에 나는 그것을 몰랐고, 몰라서 벽에 부딪혔다. 따라서 잘못은 나에게 있었다. 한국의 학계는 원래 그랬고 앞으로 점점 더 그렇게 되리라는 것을 미리 알았어야 했는데 그러지 못했다.

하지만 내게도 전혀 핑곗거리가 없었던 것은 아니다. 어차피 나는 합법적으로 읽고 쓰는 삶을 이어가기 위해 대학원으로 도피하지 않았었나. 그렇다면 학자로서 논문이라는 글쓰기와 그것을 위한 공부가 싫지만 않다면 대학이 어떻건, 학계가 어떻건 그냥 골방에 틀어박혀 계속 읽고 쓸 수만 있으면 자족할 수도 있지 않은가. 확실히 그렇기는 했다. 솔직히 석사논문을 쓰면서 논문 쓰기의 매력을 깨닫기도 했다. 그러나 언제나 마음속에서 들끓던 나의 강한 '인정 욕구'가 그런 '자족적 학자의 삶'마저 가로막았다.

사실 석사과정을 거치며 나는 내 공부의 노선을 두 가지로 귀납했다. 하나는 작품 읽기였다. 1919년 5.4 신문화운동부터 최근까지 중국 현대문학사에 등장하는 주요 작품들을 분석적으로 읽어가기로 했다. 다른 하나는 이론 공부였다. 주로 문학사회학, 언어기호학, 정신분석학, 이렇게 세 가지 범주의 인문학 이론들을 번역된 원전 중심으로 읽고 체득하기로 했다. 나는 이 두 노선을 석사과정 내내 견지했고 그 결실로 석사논문을 얻었다. 루쉰이 평생 쓴 현대시와 고전시를 꼼꼼히 읽고 나서 피에르 부르디외와 롤랑 바르트와 프로이트, 융의 이론을 적용해 분석했다. 꼬박 1년간 그 석사논문을 쓰는 과정에서 내가 느낀 보람과 희열은 그 무엇과도 비교할 수 없었다.

그러나 거기까지였다. 박사과정 진학 후, 데리다의 『그라마톨로지』 번역서를 하루에 겨우 열 페이지씩 끙끙대며 읽다가, 아니 '해독'하다가 문득 "내가 지금 뭘 하고 있는 거지?"라는 생각이 들었다. 그리고 지나온 내 독서의 이력이 주마등처럼 뇌리를 스쳤다. 대학 1학년 때, 나는 프랑스 실존주의 이론을 읽고 카뮈의 『이방인』을 분석했다. 3학년 때는 미셸 푸코의 탈구조주의 이론을 읽고 카프카의 『성』을 분석했다. 4학년 때는 하버마스와 리오타르 등의 포스트모더니즘 이론을 읽고 마르케스의 『백년간의 고독』을 분석했다. 석사 때는 위에서 기술한 대로 온갖 '멀티 이론'으로 루쉰의 시를 각기 다른 각도에서 분석했다. 그리고 앞으로는? 앞으로 나는 또 무슨 이론을 읽고 무슨 작품에 적용하려는 것일까. 도대체 나는 왜 이런 과정을 무한 반복 하려는 것일까.

이론 공부라는 것은 본디 세상과 텍스트를 보는 주체의 시선을 더 깊고, 더 넓게 확장해 주름 속에 숨겨진 새로운 의미를 캐내고 펼쳐 보이기 위한 것인데 나는 정말 그러고 있는 것일까. 단지 아이들의 퍼즐 맞추기처럼 서로 요철이 맞아 보이는 이론과 작품들을 이리저리 맞춰보며 찰나의 기쁨에 현혹돼 있는 것은 아닐까. 이 쏟아지는 질문들 앞에서 나는 결코 당당할 수 없었다. 그리고 내가 골몰해왔던 '학문'이라는 것에 대해 점차 흥미가 식어갔다. 자기만족을 위한 지적 유희는 이제 그만. 나도 이제 내 지식과 글쓰기로 공공에 기여하고 공공의 인정을 받는 일을 해보고 싶어졌다. 물론 이것은 오래 억눌러온 내 사적인 인정 욕구의 표현이기도 했다.

바로 그런 시점에 『죽은 불 다시 살아나』가 내 손에 들어온 것이었다. 당연히 나는 이 책을 누구보다 멋지게 번역해내고 싶었다. 비록 이제 갓 서른이 된 박사 1학기 학생에 불과했지만, 생활비에 쪼들리는 못난 가장인 동시에 학교에서도 학과 잡무에 일일이 불려 다니는 졸병일 뿐이었지만 이 난해한 책을 보란 듯이 잘 번역해서 내 평생의 공부와 글쓰기의 공력을 증명하고 싶었다. 하지만 이 책의 난해함은 내 상상을 초월했다.

(...) 중국의 '포스트모더니스트'와 '계몽주의자'는 사상적 방법에서는 날카롭게 대립되지만 사실, 그들은 똑같이 현대성을 하나의 총체로 이해하며 단선적 시간 축 위에서 논쟁하고 있습니다. 중국의 '포스트모더니스트들'은 역사를 현대성에서 중화성으로 가는 직선적 발전이라고 보며, '현대성'의 수호자들은 중국의 국가 상황이 아직 서구의 수준에 미치지 못했으므로 아직 현대성 문제를 논의하고 연구해서는 안 된다고 생각합니다. 그들은 현대성의 내적 모순을 이해하지 못합니다. 그리고 현대성의 기획이 상호 대립적이며 통약 불가능한 원칙을 포함하고 있다는 것도, 현대성을 추구하는 과정과 현대성에 대한 비판이 동시에 발생했다는 것도 이해하지 못합니다. 옌푸, 쑨원, 장타이옌, 루쉰 등은 모두 현대성을 탐구하는 과정에서 현대성을 비판했습니다. 따라서 현대성에 대한 비판과 성찰은 중국 현대성 사상의 가장 중요한 특징들 가운데 하나입니다.

- 왕후이, 『죽은 불 다시 살아나』(삼인, 2005), 49쪽

위에서 볼 수 있듯이 『죽은 불 다시 살아나』에서 왕후이는 주로 중국 현대사상사에서 벌어진 주요 논쟁들을 겨냥해 각각의 입장을 분석, 비판하고 자신의 관점을

제시한다. 그리고 그 과정에서 쉴 새 없이 동서양 학자들의 담론을 근거로 인용한다. 푸코, 데리다, 하이데거, 롤스, 맥킨타이어, 마르크스, 하이에크부터 루쉰, 장타이옌(章太炎), 천두슈(陳獨秀), 페이정칭(費正清), 미조구치 유우조오 등에 이르기까지 인용되는 학자들의 숫자가 수백 명에 이른다.

가장 먼저 곤란함으로 다가온 문제는 서양 학자들이 쓰는 핵심 용어의 번역이었다. 중국어 원서에는 그 용어들의 원어가 표기돼 있지 않았다. 예를 들어 저자가 단편적으로 하이데거 이야기를 하면서 '揭蔽'라는 용어를 썼다. 그런데 나는 하이데거 철학을 잘 몰랐기 때문에 '揭蔽'가 대체 무슨 뜻이고 한국에서는 어떤 말로 번역되는지 알 도리가 없었다. 결국 울며 겨자 먹기로 하이데거 철학의 개론서를 한 권 사서 살폈고 끈질긴 추리 끝에 그것이 'Entbergung', 즉 '탈은폐'인 것을 알아냈다. 왕후이는 서양 현대 철학과 사회학을 광범위하게 탐독한 이였기 때문에 이런 일들이 꽤 자주 일어났다. 나는 한나 아렌트를 공부해야 했고, 존 롤스를 공부해야 했다. 그람시와 보드리야르의 책도 꼼꼼히 들춰야 했다. 그나마 내가 학부 때부터 꾸준히 서양 이론을 공부해오지 않았다면 이론적 콘텍스트의 부재로 이런 노력을 기울이는 것조차 힘들었을 것이다.

하지만 나를 더 괴롭힌 것은 왕후이의 만연체였다. 한 문장 안에서 워낙 많은 정보를 다루고 논리 전환이 빨랐으며 이중부정문과 수사의문문이 난무했다. 전후 맥락을 꿴 채로 바짝 긴장하고 있지 않으면 단어를 빼먹거나 긍정을 부정으로, 부정을 긍정으로 해석하기 십상이었다. 자연히 피로도가 올라가면서 번역이 진도가 안 나갔다. 하루에 고작 원고지 10매도 번역 못 하는 날이 많았으며 때로는 한 대목이 이해되지 않아 몇 시간씩 고민에 빠지기도 했다. 그럴 때면 그 대목이 포함된 단락을 복사해 벽에 붙여놓고 뚫어지게 바라보곤 했다. 언젠가, 마침내는 이해가 될 것이라 믿으면서. 그 믿음은 늘 실현되었다. 그 시점이 다음 날인 적도, 며칠 뒤인 적도 있긴 했지만 말이다.

그러다가 3분의 1도 번역을 못 마친 상태에서 계약 기한 1년이 훌쩍 지났다. 삼인출판사 편집장은 의외로 군말 없이 1년 더 기한을 주었지만 아내는 그러지 않았다. 주말도 방학도 없이 번역에 매달리는 내게 지친 나머지 딸아이를 데리고 뉴질랜드에 1, 2년 가 있겠다고 했다. 차라리 그러는 편이 아내와 딸에게도, 번역에 박차를 가하는 데도 좋겠다는 생각이 들어 동의했지만 두 사람을 보내고서 나는 많이 외로웠다. 그리고 외로울수록 더 번역에 집중했고 결국 계약한 지 2년 만에 원고를 마무리지었다.

원고를 넘긴 후 만난 식사 자리에서 편집장은 내게 수고했다고 말했다.

"수고는요 뭘. 기한을 1년이나 넘겨 죄송합니다."

편집장은 예의 그 쓴웃음을 지으며 답했다.

"처음부터 1년은 무리라고 생각했습니다. 그 정도 걸릴 책이었어요."

그러나 『죽은 불 다시 살아나』는 출판사 사정 때문에 그 후로 2년여가 더 지난 2005년에야 출판이 되었다. 그 사이 한 차례 해프닝이 있기도 했다. 편집자가 6개월 넘게 편집을 보고 내게 교정 원고를 파일로 보내왔는데, 편집자 경력이 얼마 안 돼 의욕 과잉이었는지 원문의 뉘앙스에 손상을 가한 것이다. 나는 어쩔 수 없이 2주에 걸쳐 다시 일일이 손을 보고 원고를 되돌려 보냈다. 거의 조사와 어미만 되돌려 놓았는데도 그 정도 시간이 걸렸다. 그때 돌려받은 원고를 점검한 편집자가 "대체 어디를 고치신 거예요?"라고 이메일로 물었던 게 기억난다.

2005년 3월에 출판된 『죽은 불 다시 살아나』의 역자 후기는 그 전해 2월, 베이징 우다오커우(五道口)의 허름한 아파트 셋방에서 작성해 게임방에 가서 출판사로 전송했다. 당시 나는 박사과정을 수료하고 이미 다섯 종의 번역서를 먼저 출간한 상태였고 마침 3주 기한으로 베이징에 방을 얻어 홍잉(虹影)의 소설 『영국연인』을 번역하는 중이었다. 그 후기의 첫머리는 이렇게 시작된다.

지난 밤 베이징의 건조한 겨울 하늘에서 반가운 싸락눈이 내렸다. 수염이 덥수룩한 남자들이 어둡고 미끄러운 차도 위로 용케도 이륜, 삼륜 자전거를 몰고 어디론가 흘러가고 있었다. 나는 코트 주머니 깊숙이 손을 찌른 채 서점에서 돌아오는 길이었다. 설을 코앞에 둔 거리는 한산했다. 한 가라오케에서 내놓은 스피커에서 이문세의 노래가 요란하게 울려 퍼졌다.

이날 나는 후기를 쓰면서 쓸쓸한 감회에 젖었던 것 같다. 그도 그럴 것이 『죽은 불 다시 살아나』는 사실상 나의 첫 번역서였기 때문이다. 출간 시점을 기준으로 하면 6번째 책이었지만 계약은 첫 번째였고 나는 이 몹쓸

책을 번역하면서 번역가의 정체성을 얻었다. 동시에 학계를 박차고 나와 새로운 길로 떠날 수 있는 용기와 힘을 얻었다. 이 책에 혼신의 힘을 불어넣음으로써 그 후로는 어떤 책도 번역할 수 있다는 자신감도 얻었다. 비록 인세로 계약해서 내가 받은 돈은 2백만 원에 불과했고 초판 인쇄부수 5백 부가 소진되기까지 10년이 걸릴 만큼 판매도 부진했지만 내게 이 책이 갖는 의미는 형언할 수 없이 크다.

『죽은 불 다시 살아나』는 2005년 제46회 한국출판문화상 번역상 후보가 되었고 2016년에는 한겨레신문의 '한국인이 읽어야 할 새 고전 26선'에 선정되었다.

자질이 의심스러운 번역가

홍잉의 『영국연인』(한길사, 2005)은 본래 중국 문단에서도, 번역 후 한국에서도 그리 주목을 못 받긴 했지만 내게는 여러모로 기억에 남는 작품이다. 우선 이 작품은 내가 번역한 첫 소설이다. 선배 번역가 김태성 선생님이 홍잉의 장편소설 두 권의 저작권을 중개해 한길사와 계약하면서 그중 한 권의 역자로 나를 추천해준 덕분에 기회를 얻을 수 있었다(김태성 선생님이 직접 번역을 맡은 다른 한 권은 『굶주린 여자』였다).

1992년 한중수교 이후 본격화된 중국어 출판번역의 역사에서 초점을 문학번역에 한정한다면 박재연 선생과 김태성 선생, 이 두 분의 활동이 가장 두드러졌다고 본다. 박재연 선생은 1985년 중국 신시기 단편소설집 『상흔』(세계사, 1985)을 시작으로 하여 샤오쥔(蕭軍)의 『팔월의 향촌』(백산, 1987), 양모(楊沫)의 『피어라 들꽃』(지양사, 1987), 장센량(張賢亮)의 『안녕 친구여』(한겨레, 1989), 왕쉬(王朔)의 『사회주의적 범죄는 즐겁다』(들꽃세상, 1991)와 『노는 것만큼 신나는 것도 없다』(빛샘, 1992) 등을 연이어 번역해 거의 혼자 힘으로 초기 중국 현대문학 번역의 토대를 마련하다시피 했다. 그리고 김태성 선생은, 교수가 된 후로 번역을 중단한 박재연 선생의 뒤를 이어 가오양(高陽)의 『호설암』(오리진, 1995), 구청(顧城)의 시집 『나는 제멋대로야』(실천문학, 1997), 류전윈(劉震雲)의 『핸드폰』(황매, 2007), 옌롄커(閻連科)의 『인민을 위해 복무하라』(웅진지식하우스, 2008) 등을 번역해 한국 출판계에서 중국 현대문학의 위상을 한 단계 높이는 데 크게 기여했다. 김태성 선생은 최근에도 위화(余華)의 『사람의 목소리는 빛보다 멀리 간다』(문학동네, 2012), 탕누어(唐諾)의 『마르케스의 서재에서』(글항아리, 2017) 같은 화제작을 연이어 번역하며 활발한 활동을 유지하고 있다.

김태성 선생은 한길사에 나를 소설 역자로 추천하기 전에 아마도 꽤 심사숙고를 했을 것이다. 소설 번역은 출판번역에서 역자의 필력이 가장 많이 요구되는 분야다. 누구나 알다시피 문학 독자는 고급 독자인 동시에 문체를 보는 눈이 까다롭다. 따라서 유려한 문체를 구사하는 역자만이 그들의 요구에 부응할 수 있다. 나 역시 출판사에 소설 역자를 추천할 때 가장 골머리를 앓으며 실제로 추천할 만한 역자가 손에 꼽을 정도다.

그다음으로 나는 『영국연인』을 번역하는 과정에서 '젠더' 문제에 부딪쳤다. 『영국연인』은 1940년대 중국의 어느 대학에 교수로 부임한 영국 청년과 그 대학 중국인 교수 부인의 불륜을 소재로 한 작품이다. 성에 대한 감각적인 묘사가 많고 글쓴이가 여성 작가여서 문체가 섬세하기 그지없었다. 나는 번역하는 내내 내가 '남성 역자'여서 놓치는 부분은 없는지, 내 문체가 과연 원서의 문체를 제대로 반영하고 있는지 고민을 멈출 수 없었다. 아마도 이때의 경험 때문인지 그 후로 나는 여성 작가의 작품을 번역한 적이 없다. 여성 작가의 작품 출판을 기획하더라도 번역은 여성 역자에게 맡기곤 한다. 내 문체는 기본적으로 단문 중심이며 단정적이고 날카로운 편이다. 비록 원문의 문체는 번역 과정에서 자연스럽게 역자의 문체에 녹아들어 그것을 변화시킨다고 믿는 편이지만 과연 '여성성'(이것이 과연 존재한다면)까지 내 문체에 시나브로 깃들 수 있는지는 스스로 확신하기 어렵다.

이런 이유 때문인지 『영국연인』 출간 후 나는 유난히 자주 인터넷을 들락날락하며 독자들의 반응을 살폈다. 사실 외국 문학작품에 대한 독자 반응에서 번역에 대한 코멘트는 극히 적은 편이다. 그래도 역자들은 각종 SNS와 인터넷서점 서평란을 주목하며 늘 자신의 역서에 대한 평가에 촉각을 곤두세운다. 이것은 아마도 그들의 '인정 욕구'와 긴밀한 관계가 있다고 본다. 역자는 본질적으로 저자의 그림자 같은 존재여서 역서를 내더라도 거의 주목받을 기회가 없기에 자신의 작업을 평가해주는 한 마디 말에 목말라하고 또 예민하게 반응한다. 특히나 중국어번역가는 영어번역가에 비해 한층 더 그럴 것이다. 영어에 능숙한 독자들이 많아서 영어번역가는 종종 원문과 번역문을 대조해 문제점을 지적하는 독자들의 비판에 부딪혀 골머리를 앓곤 한다. 이것은 부정적인 피드백에 속할 수도 있겠지만 그런 반향조차 얻기 힘든 중국어번역가에게는 한편으로 부러운 일이다. 어쨌든 나는 당시 『영국연인』의 서평을 매일 인터넷에서 뒤지다가 평생 잊지 못할 경험을 하게 되었다.

어느 날 나는 한 대학생(아래부터는 편의상 대학생 J라고 부르겠다)
이 자신의 싸이월드 미니홈피에 『영국연인』에 관해 짧
은 서평을 올린 것을 보고 큰 충격을 받았다. 정식 서평
이 아니라 메모식의 짧은 단평이었기에 그 내용은 정확
히 기억나지 않지만, 어쨌든 『영국연인』에 대한 혹평은
둘째 치고 맨 마지막 코멘트가 "번역가의 자질이 의심
스럽다"였다.

당시 나는 너무 분노해서 어쩔 줄을 몰랐다. 독자에
게 그런 노골적인 악평을 들은 것은 그때가 처음이었고
십수 년이 지난 지금까지도 그런 말을 또 들어본 적이
없다. 한동안 뛰는 가슴을 진정시키며 실내를 오락가락
하다가 나는 어느 순간 다시 컴퓨터 앞에 앉아, 당시 운
영하던 내 블로그의 이름을 '자질이 의심스러운 번역가'
로 바꾸었다. 그것은 그 당돌한 대학생 J의 생각을 바로
잡아주고야 말겠다는 내 의지의 역설적인 표현이었다.

그러고 나서 그 대학생 J의 미니홈피를 찬찬히 살피
기 시작했다. 도대체 어떤 사람이기에 '감히' 내 번역 수
준을 갖고 "자질이 의심스럽다"는 상상 초월의 망언을
했는지 알아봐야 했기 때문이다. 한동안 뒤져보니 그는

국문과 4학년생인 데다 재학 중에 중국 유학을 2년씩이나 다녀온 중국어 능력자였다. 어떻게 보면 객관적으로 내 번역문을 잘 평가할 만한 자격이 있는 듯하여 조금 긴장이 되었다.

사실 나는 이 지점에서 그만 멈춰야 했다. "뭐, 번역을 하다 보면 조금 심한 소리도 들을 수 있지." 하고 체념한 채 잊어버려야 했다. 그런데 이상하게 그냥 넘어가고 싶지가 않았다. 본의는 아니었어도 내게 인생 최대의 치욕을 안긴 그 대학생 J에게 뭔가 톡톡히 교훈을 남겨주고 싶었다.

얼마 후 내 손에는 대학생 J의 휴대폰 전화번호가 적힌 쪽지가 쥐어져 있었다. 그렇다. 미니홈피 댓글에서 친구들과 나눈 대화에 그 번호가 적혀 있었던 것이다. 지금 같으면 위험한 일이라고 생각해 자제를 했겠지만 당시에는 그런 의식을 하지 못했다. 나는 그 쪽지를 쥔 채 앞으로 어떤 조치를 취할지 곰곰이 궁리했다. 이윽고 생각이 정해지자 바로 대학생 J에게 전화를 걸었다.

"여보세요."

"아, 안녕하세요. 혹시 기억나실지 모르겠습니다만 중국어 번역하는 김택규라고 합니다."

"네?"

"아, 『영국연인』을 번역한 김택규입니다."

"……"

수화기 저편의 목소리가 뚝 멈췄다. 잠깐 충격을 받은 게 분명했다. 하지만 나는 웃음 섞인 목소리로 스스럼없이 말을 이어갔다. 아마 그때 내 목소리는 가늘게 떨렸을 것이다.

"미니홈피에 올리신 『영국연인』 서평은 잘 읽었습니다. 아주 인상 깊은 서평이었어요."

"……"

"그래서 어떤 분인지 궁금해서 좀 보았더니 중국 유학을 2년이나 다녀오셨더군요. 국문학과이시니 글도 잘 쓰실 테고. 그래서 기회를 좀 드려볼까 싶어서 이렇게 전화를 드렸습니다."

"기회요?"

"네. 혹시 번역을 해보고 싶은 생각이 없으신가요?"

거절의 말이 돌아올 리는 없다고 생각했다. 나는 미니홈피의 글을 통해 대학생 J가 중국어번역가의 꿈을 갖고 있다는 것을 이미 알고 있었다. 예상대로 그는 뛸 듯이 기뻐했다. 바라던 기회가 뜻하지 않게, 그것도 생각보다 빨리 찾아온 셈이었으니까. 나는 며칠 뒤 만나서 번역 계약을 하자고 약속한 뒤 전화를 끊었다.

나는 바로 친한 출판사에 연락해, 이미 나와 그 출판사가 맺었던 번역 계약 하나를 변경했다. 역자를 나와 그 대학생 J, 공동 번역으로 바꾼 것이다. 왜 그러려고 하는지 궁금해하는 출판사 대표에게는 길게 설명하지 않았다. "번역을 하고 싶어 하는 후배가 있어서요. 번역의 퀄리티는 제가 책임지겠습니다. 원고 완성 후 윤문까지 제가 다 책임질 테니 염려 안 하셔도 됩니다."라고 안심을 시켰다.

며칠 뒤, 나는 대학생 J와 커피숍에서 만나 출판사를 대신해 번역 계약을 맺었다. 그는 쭈뼛쭈뼛하면서도 기뻐했고 나는 아무 내색 않고 잘 해보라고, 뒤는 내가 다 받쳐줄 테니 최선을 다해 번역하라고 말했다. 내 앞에서는 표현을 삼갔지만 나중에 대학생 J의 미니홈피를 방문해보니 생애 첫 번역서를 맡게 된 것에 대해 기쁨이 보통이 아니었다. 나는 희미한 미소를 머금고 속으로 "어디 두고 봅시다."라고 중얼거렸다.

나는 대학생 J에게 정확히 석 달의 기한을 주었다. 그 정도면 길지도 짧지도 않은 기한이었다. 번역서의 장르는 역사처세서였다. 짤막짤막하게 중국사의 인상 깊은 이야기를 제시하고 말미마다 그것과 관련한 인재 채용의 교훈으로 마무리하는 식의 대중서여서 난이도는 높지 않았다. 그리고 분량은 원고지 1,200매 정도였는데 중국책치고는 무난한 분량이었다. 나였으면 한 달 반 정도면 끝낼 수 있는 책이었다. 하지만 번역 초심자에게는 확실히 낯설고 힘든 과업이었을 것이다.

정확히 석 달 뒤, 나는 그와 처음 만난 커피숍에서 다시 마주앉아 있었다. 대학생 J는 그사이 부쩍 초췌해져 있었다. 초보자로서 너무나 당연한 일이었다. 석 달 동안 시한에 쫓기며 여러 밤을 지새웠을 것이며 또 자신의 번역 실력에 의문을 품고 무척 괴로워했을 것이다. 대학생 J가 무안한 표정으로 말꼬리를 흐렸다.

"선생님, 번역을 마치기는 했는데……"

나는 그의 원고에 대해 구구히 품평을 하지는 않았다.

"그렇죠. 번역 일이라는 게 그렇게 생각처럼 쉽지는 않지요?"

"네……"

그날 그와 헤어지면서 나는 환희했다. 드디어, 그에

게 '교훈'을 주었다!

　지금 돌아보면 내가 왜 그런 방식으로 대학생 J에게 교훈을 주려고 했는지 잘 이해가 안 간다. 아마도 출판 번역이라는 게 얼마나 힘든 일인지 알려주고 싶었던 것 같다. 그래서 번역가에게 멋대로 '자질이 없는 번역가'라는 식의 혹평을 해서는 왜 안 되는지 스스로 깨닫게 해주고 싶었던 것 같다. 물론 이것은 내 마음속 깊이 뿌리내리고 있던 인정 욕구의 소산이기도 했다. 나는 그에게 인정받고 싶었던 것이다. 번역이라는 나의 일과 그 고됨에 관하여.

　이 우스꽝스러운 에피소드는 두 가지 결과를 낳았다. 첫째, 나는 처음 출판사와 약속한 대로 그의 어설픈 원고를 윤색하느라 보름간 진땀을 뺐다. 어쨌든 출판사에 민폐를 끼쳐서는 안 되니까 말이다. 원서 자체에 군더더기가 많아서 원고량 1,200매를 1,000매까지 줄이기도 했다. 다행히도 그 책은 잘 팔렸다. 중국 역사처세서의 인기가 거의 끝물이었는데도 1만 부 넘게 판매가 되었다. 둘째, 그 대학생 J는 번역가의 꿈을 포기하고 편집자로 방향 전환을 했다. 지금도 그는 출판계에서 일하고 있다. 이름만 대면 누구나 다 아는 중견 출판사의 베테랑 편집자가 되어 열정적으로 활동하고 있다.

그런데 나는 그 일로 인해 그에게 마음의 빚을 지고 있었나 보다. 몇 년 전, 베이징국제도서전에서 우연히 그를 만났을 때 나는 그 자리에서 얼음이 되고 말았다. 그가 활짝 웃으며 나를 반겨주었는데도 왠지 미안해서 입이 떨어지지 않았다. 결국 내 스케줄 문제로 성사되지는 않았지만 그는 나중에 중국 IT 관련서의 번역을 내게 의뢰하기도 했다. 그리고 메신저를 통해 나는 십여 년 전 그가 왜 번역가의 꿈을 포기했는지 속내를 들을 수 있었다.

"매일 혼자 그 책을 번역하는데 너무 외로웠어요. 번역이라는 일이 그렇게 외로울 줄은 몰랐어요. 그래서 편집자가 되었고 이 일에 만족해요. 여러 동료들과 힘을 합쳐 책을 만드는 일이니까요."

활달하고 열정적인 그에게는 번역보다 편집이 더 맞는 일이었던 것이다. 그의 말대로 번역은 역자 혼자서 모든 과정을 책임져야 하는 외로운 작업이다. 마지막으로 나는 그에게 진심으로 고마움을 느꼈다.

나는 문학번역가

나의 첫 출판 계약작은 『죽은 불 다시 살아나』이지만 첫 출간작은 대학원 동기와 공역한 『티베트』(예담차이나, 2002)이다. 하지만 이 책은 사실상 내 첫 책인데도 어떻게 계약을 하고, 또 어떻게 번역을 했는지 전혀 기억이 안 난다. 내가 의미를 두기 힘든 여행정보서였던 탓이다. 계약서나 제품 매뉴얼을 번역하는 것과 크게 다를 것이 없었다. 사실 나는 번역 인생 초기에 이런 책을 꽤 많이 번역했다. 『서유기』의 사오정에게서 처세술을 배운다는 콘셉트의 『인간관계의 법칙 22가지』(일빛, 2005), 비즈니스소설인 『선택이 기회다』(황매, 2007) 같은 경제경영서뿐만 아니라 심지어 『이야기 일본』(일빛, 2007) 같은 일본문화론까지 번역했다. 현재 나는 중국 인문학 번역가로 얼추 자리를 잡은 셈이지만 그때는 그러지 못했다. "출판번역가는 책을 가리지 않는다"는 것을 원칙으로 삼고서 의뢰 오는 책들을 장르 구분하지 않고 무조건 계약하곤 했다. 초짜 출판번역가는 으레 그래야만 한다고 생각했고 실제로 그랬다. 지금도 역서가 십여 권 쌓일 때까지는 어떤 번역가도 그래야만 한다고 생각한다.

그러나 내가 안 좋아하는 생경한 분야의 책을 번역하는 것은 꽤 고역이었다. 『인간관계의 법칙 22가지』를 번역할 때는 번역된 『서유기』 열 권을 내내 뒤적여야 했고, 『선택이 기회다』를 번역할 때는 경영학 이론을 따로 공부했다. 일본어도 전혀 모르는 내가 『이야기 일본』은 또 어떻게 번역했겠는가. 숱하게 나오는 일본의 인명과 지명을 찾느라 곤욕을 치렀다. 번거로웠고 또 무의미했다. 내게는 축적되거나 재사용될 지식이 아니었으므로 시간이 아까웠다. 결국 나는 번역에서도 내 '전공'을 찾아야겠다고 마음을 굳혔다.

나는 중국 인문학, 그중에서도 문학을 주로 번역하기로 목표를 정했다. 그런데 이를 위해서는 두 가지를 각오해야 했다. 우선 '전업 번역가'가 되는 것을 포기했다. 전업 번역가란 다른 일은 일절 하지 않고 번역으로만 생계를 유지하는 번역가를 뜻한다. 한때 나는 전업 번역가가 되려 했고 전업 번역가만이 진정한 번역가라고 생각했다. 그래서 실제로 대학 강의를 다 그만두고 번역에만 집중하는 강수를 두기도 했다. 하지만 나는 딱 1년 만에 다시 강단으로 돌아갔다. 번역만으로 생계를 유지하는 것은 영어번역가나 일본어번역가에 비해 일감이 많지 않은 중국어번역가에게는 다소 벅찬 일이었다. 더구나 그러기 위해서는 역시 닥치는 대로, 가리지 않고 번역 의뢰를 수락해야 했다. 나는 빚만 잔뜩 떠안고 패잔병처럼 다시 교편을 잡아야 했으며 "번역가로 계속 일하려면 반드시 번역 외의 일을 병행해야 한다"는 모순을 실감했다.

두 번째로 각오해야 했던 일은 훨씬 어렵고 복잡했다. 그것은 바로 '기획'이었다. 나는 내가 번역하고 싶은 소설을 스스로 기획하고 출판사에 제안해야 했다. 그 방법 외에는 문학번역가가 될 방법이 없었다. 당시나 지금이나 한국에서 매년 출판되는 중국의 순문학 소설은 겨우 스무 권 남짓이다. 스스로 기획하지 않는다면 무슨 수로 계속 소설 번역을 맡을 수 있겠는가. 게다가 나는 개인적인 문학 취향이 뚜렷해서 리얼리즘 소설이나 역사소설보다는 다소 새롭고 실험적인 소설을 선호했다. 가능하다면 그런 소설을 엄선해 내 손으로 번역해내고 싶었다. 하지만 당시 나는 중국문학 기획자가 되기에는 치명적인 문제가 있었다. 앞에서도 말했듯이 나는 오랫동안 중국을 너무도 싫어한 탓에 중국문학을, 특히 1978년 중국 개혁개방 이후의 '신시기 문학'을 몰라도 너무 몰랐다. 중국문학으로 박사 수료까지 했는데도 1940년대 이전의 케케묵은 작품들만 얼추 알고 있었을 뿐, 주요 기획 대상인 최근 중국문학에 대해서는 거의 백지상태나 다름없었다. 나는 어떻게든 이 문제를 해결해야 했다.

나는 모교 대학원 중어중문과 석박사 과정 학생들을 모아 '중국 당대문학 세미나'를 개시했다. '당대'(當代)라는 말은 중국사에서는 1949년 중화인민공화국 수립 이후의 역사 시기를 뜻한다. 2000년대 중후반, 서울 시내 대학원 중어중문과에는 지금과 달리 문학을 전공한 국내 학생들이 꽤 많았다. 그래서 그 세미나는 첫 모임의 참가자가 스무 명에 가까울 정도로 꽤 성황을 이뤘다.

문학 전공자가 많은데도 대학원 수업에서 제대로 된 중국 당대문학 커리큘럼이 부재했기에 어쩌면 당연한 일이었다. 나는 선배로서 그들의 좌장이 되어, 1978년 개혁개방 이후 중국문학의 최신 동향을 알려주는 각종 작가 강연록과 문제작들을 커리큘럼으로 정했고 매주 한 번씩 정해진 분량을 저마다 읽고 와서 돌아가며 발표와 토론을 진행하게 했다. 이것은 나로서는 최근 중국문학을 체계적으로 파악하기 위한 최적의 방식이었다. 혼자 공부해서는 도저히 그 방대한 분량을 소화할 자신이 없었으므로 공동 세미나라는 틀을 빌리려 했던 것이다. 후배들은 또 그들 나름대로 그 세미나를 통해 학위논문을 쓸 바탕을 제대로 마련할 수 있었다.

중국 당대문학 세미나는 2년간 진행되었다. 대학원생 세미나이기는 했지만 매주 한 편씩 강연록과 중·단편소설을 원문으로 소화하는 것은 쉬운 일이 아니었다. 한국의 중국 관련 학부라는 데가 졸업할 때까지 학생들에게 중국어 단편소설을 한 편도 안 읽힐 만큼 기초 학습이 부실하여 더 그랬다. 많은 후배들이 세미나를 들락날락했고 차츰 참여 인원이 줄어들었다. 그래서 세미나도 자연스럽게 마지막을 맞이했다. 어느 날 세미나에 가보니 참석자가 나 외에 단 한 명뿐이었다. 당시 그 후배에게 했던 말이 떠오른다.

"이제 그만둘 때가 됐네. 우리 둘이 세미나를 할 수는 없잖아."

그 세미나가 아니었다면, 2년간 후배들 앞에서 창피를 안 당하려고 1978년의 상흔(傷痕)문학부터 1980년대 중후반의 선봉(先鋒)문학, 1990년대의 신역사소설, 신상태소설까지 최근 중국문학의 주요 사조를 형성한 작품들을 열심히 읽지 않았다면 지금의 나는 없었을 것이다. 그 세미나를 통해 나는 천천히 중국문학을 좋아하게 되었다. 그토록 심드렁해 했던 '중국'이 좋아졌다는 것은 아니다. 또 중국문학을 그 자체로 좋아하게 된 것도 아니었다. 단지 중국문학도 '문학'인 것을 깨달았기 때문에, 내가 가진 보편적인 문학 관념에 부합하는 동시대적 작품들을 발견했기에 비로소 중국문학을 좋아하게 되었다는 뜻이다. 나는 그때부터 본격적으로 중국문학을 문학으로 받아들였으며 나아가 80년대 중후반 이후의 중국문학이 어떤 면에서는 한국문학보다 훨씬 도발적이고 역동적이라고 생각하기 시작했다. 그래서 쑤퉁(蘇童)의 『이혼지침서』(아고라, 2006) 출간 후 초청받아 참석한 어느 도서관의 문학 좌담회에서 대담하게도, "최근 중국문학은 한국문학을 능가합니다. 이야기의 힘도 더 뛰어나고, 인간과 사회와 역사의 본질에 대한 추구도 더 치열합니다."라고 말했다가 따가운 눈총을 받기도 했다.

어쨌든 나는 2000년대 중반을 전후로 하여 겨우 중국문학 전문번역가로서의 기본 자질을 획득했다. 중국 현대문학 사조의 흐름을 숙지한 상태에서 뛰어난 작품을 골라 기획해 한국 출판사에 출판을 제안하고, 또 한국 출판사의 중국소설 검토 의뢰에 적극적으로 응할 수 있게 되었다. 그 첫 번째 결실은 바로 쑤퉁의 『이혼지침서』였다.

중국 작가 쑤퉁의 이름을 처음으로 한국에 알린 중단편집 『이혼지침서』에는 「처첩성군」, 「이혼지침서」, 「등불 세 개」 등 세 편의 작품이 수록돼 있다. 하지만 이 번역서의 원서도 똑같은 형태였던 것은 아니다. 당시 신생 출판사였던 아고라의 편집장이 처음 내게 내밀었던 원서는 두툼한 『쑤퉁 작품선』이었다. 그 안에는 십여 편의 작품이 들어 있었다.

"여기에서 좋은 작품을 골라 번역해주세요."

나는 며칠 동안 끙끙대며 원서를 뒤적여야 했다. 쑤 퉁은 장이머우 감독의 영화《홍등》의 원작인 「처첩성 군」의 원작자로 중국 문단을 대표하는 작가 중 한 명이 긴 했지만 당시 한국에서는 인지도가 없었다. 그래서 가능한 한 그의 작품 세계 전체를 다양하게 조명할 수 있도록 서로 다른 스타일의 작품을 한데 묶는 것이 좋 을 듯했다. 결국 그의 대표작으로 가장 잘 알려진 동시 에 예술성이 뛰어난 「처첩성군」과 풍자적이고 유머러 스한 「이혼지침서」, 그리고 서정적이고 우화적인 「등불 세 개」를 골랐으며 이는 다행히도 출간 후 판매 호조로 이어졌다. 특히나 이 세 작품이 골고루 독자들의 호평 을 받은 것이 고무적이었다. 이후 쑤퉁은 한국에서 위 화를 이어 중국 현대문학을 대표하는 아이콘이 되었고 장편 『쌀』(아고라, 2007)과 『나 제왕의 생애』(아고라, 2007), 『눈 물』(문학동네, 2007) 그리고 작품집 『홍분』(아고라, 2007) 등이 연 이어 출간되어 모두 독자들의 사랑을 받았다.

확실히 『이혼지침서』는 내가 중국문학 번역가로서 입지를 다질 수 있게 해준 고마운 작품이었다. 『이혼지 침서』의 성과가 있었기에 그 후로 활발히 여러 중국소 설들을 기획, 번역할 수 있었다. 그런데 당시 나는 지금 돌아봐도 여전히 옳았는지 틀렸는지 모를 한 가지 결정적인 선택을 했다. 즉, 쑤퉁을 버리고 새로운 작가들을 찾아 나섰다. 『이혼지침서』의 성공 후, 아고라는 내게 장편 『나 제왕의 생애』의 번역을 의뢰했다. 하지만 나는 정중히 거절했다. 문학동네에서도 장편 『눈물』의 번역을 의뢰했지만 역시 거절했다. 그때 내 거절의 변은 꽤나 당돌했다.

"한 번 번역해본 작가의 작품은 다시 번역하고 싶지 않습니다."

전화기 저편에서 문학동네 담당자의 뜨악해하는 반응이 전해졌다. 그렇다. 내 거절은 정상적인 관점에서는 있을 수 없는 일이었다. 쑤퉁의 첫 번역가로서, 그것도 꽤 재미를 본 작품의 번역가로서 나는 마땅히 그 기세를 몰아 쑤퉁의 다른 작품을 계속 번역하는 것이 옳았다. 더구나 다른 출판사도 아니고 문학동네가 아닌가. 문학동네의 번역 제안을 거절하다니. 당시까지만 해도 아직 신인 번역가였던 내가 감히 그렇게 반응할지 상대방은 전혀 예상하지 못했을 것이다.

그때 나는 대체 왜 그랬을까? 무엇 때문에 순항이 보장된 길을 피해 갔을까? 꿈 때문이었다. 당시 나는 거창

한 꿈을 꾸고 있었다. 누구의 의뢰도 받지 않고 내 손으로, 내가 좋아하는 중국 현대 작가들의 작품을 직접 발굴해 차례로 한국에 소개하겠다는 포부를 갖고 있었다. 그러려면 쑤퉁 한 명에게 집중해서는 안 되었다. 쑤퉁만큼이나 훌륭하고 개성적인 중국 작가들의 작품을 줄줄이 기획해 출판하고 싶었다. 그리고 그 후보자는 우선 주원(朱文)과 한둥(韓東)이었다.

희망 없는 중국문학

2008년 1월, 베이징의 여우이(友誼) 호텔 일층 커피숍에서 주원을 만났다. 그는 키가 180센티미터는 되는 듯했고 살집이 꽤 있어서 실제보다 더 커 보였다. 당시 소설 쓰기를 그만두고 극작가 겸 영화감독으로 활약하고 있던 그는, 그 자리를 마련해준 내 중국 친구 장위안(張園)을 통해 내게 물었다.

"내 소설을 어떻게 알았죠? 책도 살 수 없었을 텐데."

당시 나는 중국어 회화를 전혀 못했다. 이미 중국어 번역을 10년 가까이 하고 있었는데도 그랬다. 확실히 말과 글은 서로 다른 차원의 능력이다. 할 수 없이 나도 장위안을 매개로 이야기해야 했다.

"선생님 작품은 인터넷에 다 있는 걸요. 인터넷에서 긁어 출력을 해서 읽었습니다. 세미나에서 토론도 하고요."

1997년 발표된 주원의 소설집 『나는 달러가 좋아』는 파격적인 성 담론과 사회 비판적 알레고리로 인해 중국 당국으로부터 2만 권 한정 출판 처분을 받았다. 화제가 된 만큼 2만 권은 금세 다 팔렸고 바로 품절이 되었다. 저작권 보호 의식이 낮았던 중국 네티즌들이 아니었다면 나는 결코 그의 존재를 알지 못했을 것이다.

중국 당대문학 세미나에서 읽을 교재를 마련하려고 중국 웹에 불법 게재되어 있는 소설들을 훑어보다가 나는 우연히 그의 「나는 달러가 좋아」, 「재교육」, 「난징의 두안리」 등의 중·단편소설을 발견했다. 솔직히 그의 소설과 만나지 못했다면 중국 현대소설의 재미와 다양성을 훨씬 늦게까지 몰랐을 것이다. 또 그와 함께 난징(南京)의 작가군을 대표하는 한둥의 존재도 모르고 그냥 지나쳤을 것이다. 뛰어난 시인이자 평론가이기도 한 한둥의 소설도 위트와 냉소, 그리고 울림 있는 스토리로 나를 매료시켰다.

"선생님 작품과 한둥 선생님 작품 모두 읽어보았습니

다. 하지만 선생님 작품 먼저 계약하고 싶더군요."

한등보다 6살 밑이지만 친분이 깊은 주원은 장난스레 씩 웃으며 말했다.

"내 작품이 한등 선생의 작품보다 재밌기는 하죠."

확실히 그렇기는 했다. 『나는 달러가 좋아』의 표제작 「나는 달러가 좋아」의 서두는 소설가인 화자가 대낮에 자신의 자취방에서 연상의 여인과 섹스를 하고 있을 때 시골에서 올라온 아버지가 눈치 없이 탕탕, 문을 두드리는 장면에서부터 시작된다. 여자가 도망치듯 집을 나간 뒤, 아버지가 화자를 나무라며 한 잔소리는, "너, 오늘 날씨가 얼마나 좋으냐. 내가 여러 번 말했지 않니, 바깥에서 운동을 좀 하라고. 햇빛도 있고 물도 있고 신선한 공기도 있는 곳에 가서 말이야."였으며 이에 대해 화자가 마음속으로 외친 항변은, "하지만 아빠, 방 안에서밖에 할 수 없는 일도 있잖아요. 저도 그게 얼마나 유감인지 몰라요."였다. 『나는 달러가 좋아』에는 이처럼 우스꽝스럽고 직설적인 욕망의 담론이 가득하다. 그것이 전체주의 사회에서 탈출구도 없이 억눌려 있는 개인의 욕망에 관한 알레고리적 표현이라는 것을 읽어내지 못한다면 이 소설집은 그저 싸구려 '색정 문학'에 불과하다. 오죽하면 이 소설집의 편집을 맡은 외주 편집자가 "왜 이런 쓰레기 같은 책을 내는 거죠?"라고 푸념을 했겠는가.

국내에서 『나는 달러가 좋아』(황매, 2008.6)보다 석 달 늦게 출간된 한둥의 『독종들』(웅진하우스, 2008.9)은 전자보다 재미는 적어도 시대와 역사에 대한 통찰은 훨씬 더 깊다. 지방 소도시에서 함께 자란 세 친구가 문화대혁명 후기부터 2000년대까지 현대화의 격랑을 겪으며 풀어내는 이야기는 몇 권의 역사서보다 더 실감나게 동시대 중국인들의 삶과 정체성을 우리 독자들에게 전달해준다.

나는 한둥의 존재 역시 중국 당대문학 세미나를 통해 알았으며 그와 주원, 이 두 사람의 작품을 읽고 나서 그 전까지 한국에 소개된 '전형적인 중국문학'과는 다른, 역사와 전쟁과 이데올로기의 인력으로부터 비교적 자유로운 참신한 중국문학을 기획할 수도 있겠다는 희망을 얻었다.

내 희망은 2007년과 2008년, 때맞춰 국내 출판계에 밀어닥친 중국 현대소설 출간 붐을 타고 날개를 얻었다. 당시 문학동네, 김영사, 은행나무, 웅진지식하우스,

실천문학 등 국내 유수의 출판사들은 한창 경제 대국으로 발돋움하던 중국의 문화적 잠재력에 기대를 걸고 경쟁하듯 중국 대표 작가들의 작품을 속속 출간했다. 지금 생각하면 언젠가 도래할지도 모르는 중국문학의 시대를 예비하는 선투자였던 것 같다. 어쨌든 나는 그런 추세 속에서 웅진지식하우스와 김영사의 중국현대소설선 외주 기획자가 되어 연이어 작품을 기획했다. 그 결과로 옌롄커(閻連科)의 『인민을 위해 복무하라』(웅진지식하우스, 2008), 예자오옌(葉兆言)의 『화장실에 관하여』(웅진지식하우스, 2008), 한둥의 『독종들』(웅진지식하우스, 2008), 류헝(劉恒)의 『수다쟁이 장따민의 행복한 생활』(김영사, 2007), 팡팡(方方)의 『행위예술』(비채, 2008), 쑤퉁의 『측천무후』(김영사, 2010) 등이 속속 출간되었다. 나로서는 오랫동안 축적해온 중국 현대문학에 대한 지식을 마음껏 활용할 수 있었던 엄청난 기회였다.

그러나 그 기회는 오래 주어지지 않았다. 우선 출간작들의 판매량이 출판사들의 기대에 한참 못 미쳤던 탓이 컸다. 『인민을 위해 복무하라』를 제외하고는 대부분 손익분기점에도 못 미치는 판매량을 기록했다. 아무리 미래를 위한 선투자라 해도 기본 성적은 거둬줘야 사업을 지속할 수 있을 텐데 유감스럽게도 그러지 못했다. 게다가 2008년 9월에는 출판 외적인 변수가 등장해 나의 기획 작업을 완전히 스톱시켰다. 그것은 바로 리만 브라더스의 파산으로 촉발된 2008년 세계 금융위기였다. 달러화의 강세로 외서 저작권 가격이 급등했고 그로 인해 "돈 안 되는" 중국소설 저작권 구입부터 중지되었다. 아울러 위기에 따른 긴축 정책에 따라 웅진지식하우스와 김영사 모두 중국현대소설선 출간을 전면 중지했다. 나는 졸지에 기획의 터전을, 나아가 "훌륭한 중국소설들을 내 손으로 발굴해 한국에 소개하겠다는 꿈을" 송두리째 잃고 말았다.

그 후로 나는 1년 넘게 목표 없이 시름했다. 아직 번역 일은 끊기지 않았지만 그때부터 시작된, 문학을 비롯한 중국 인문학 도서의 총체적인 부진은 지금까지도 현재형이다. 무엇보다도 기획자로서 내가 심혈을 기울여 고른 중국의 작가와 작품들이 국내 독자들에게 외면을 받았다는 사실이 견디기 힘들 정도로 나를 우울하게 했다. 대체 왜 이런 상황이 됐을까. 내가 기획한 작품들이 외면을 받은 것은 그 작품들의 저자가 국내에 처음 소개된 이들이었기에 독자들에게 너무 낯설어 그랬다고 변명할 수도 있을 것이다. 하지만 이미 잘 알려진 작가들의 신간까지 판매량이 급격히 줄어들었다. 위화도 쑤퉁도, 그리고 『삼국지 강의』를 히트시킨 역사 저자 이중톈(易中天)도 예외가 아니었다. 중국은 정치적, 경제적으로는 G2의 하나로 한국인들에게 점점 더 커지는 위상을 인정받고 있었다. 하지만 출판에서는 갈수록 맥을 못 췄다. 그나마 유일하게 명맥을 유지하던 고전 처세서와 역사서 분야의 중국 번역서 점유율조차 급격히 떨어져서 나중에는 존재감이 극히 미미해졌다.

나는 절망 속에서 씁쓸한 결론을 내릴 수밖에 없었다.

"한국은 중국을 깊이 이해하려 하지 않는구나. 중국이 한국에 대해 그러는 것처럼."

어느새 해가 두 번 바뀌었고 유난히 많은 눈이 내렸던 2010년 1월 초의 어느 아침, 나는 뭐라 말할 수 없는 심정으로 종로구 가회동의 김영사 사옥 앞에 우두커니 서 있었다. 그날은 내 평생 최초이자 마지막 직장인 김영사에 처음으로 출근한 날이었다.

중국 출판이라는 수수께끼

"김 실장, 중국이 언제쯤 ISBN을 개방할 것 같아요?"

내가 김영사에 출근한 지 며칠 안 되었을 때, 박은주 사장은 나를 따로 불러 이런 질문을 했다.

"글쎄요. 아마 쉽지 않을 듯한데요."

ISBN은 국제표준도서번호로 전 세계에서 생산되는 도서에 부여되는 고유번호다. 보통 자본주의 국가에서는 관련 당국이 출판사에 아무 조건 없이 이 번호를 발급해주지만 중국은 그렇지 않다. 570여 개 국유출판사에만 심사를 통해 매년 정해진 숫자의 ISBN을 제공하며 2천여 개의 민영출판기업은 꽤 높은 액수의 '관리비'를 국유출판사에 납부함으로써 ISBN과 출판사 명의를 빌려 책을 낼 수 있다. 예컨대 2019년 9월에 출판돼 베스트셀러가 된 중국어판 『82년생 김지영』은 비록 표지에는 귀저우인민출판사(貴州人民出版社)의 이름이 찍혀 있지만, 사실 이 책의 저작권을 한국에서 수입하고 번역, 편집, 인쇄, 유통, 마케팅까지 모두 진행한 곳은 대형 민영출판기업 베이징모톄도서유한공사(北京磨鐵圖書有限公司)다. 귀저우인민출판사는 그저 돈을 받고 ISBN을 제공해주는 동시에 정부에서 요구하는 검열 절차를 대신 밟아줬을 뿐이다.

사회주의 중국은 이렇게 ISBN을 무기이자 자원으로 삼아 출판을 통제한다. 정부가 ISBN을 분배해주지 않으면, 그리고 그 분배된 ISBN을 출판사가 또 민영출판기업에 분배해주지 않으면 아예 책을 낼 수 없으므로 이 강고한 수직 구조 안에서 출판 주체들은 항상 긴장한 채 정부가 제시하는 이념을 따른다. 그러니 어떻게 중국이 쉽게 ISBN을 개방해 무료로 배포하겠는가?

'공산당이 망하지 않는 한, 중국에서 ISBN이 개방될 일은 없을 겁니다, 사장님.'

나는 속으로만 이렇게 말했다. 박은주 사장은 카리스마가 엄청난 CEO였다. 감히 내 주장을 고집할 수는 없었고 또 굳이 그럴 필요도 없었다.

김영사 중국법인의 설립을 위해 특별 채용된 나는, 2010년부터 2012년 초까지 한국과 중국을 오가며 '직장 생활'이라는 것을 했다. 기획자로서 기력이 거의 소진된 시기에 김영사의 제안을 받았기 때문에 새로운 일, 새로운 출발로 삶을 전환해보고 싶었다. 실제로 그 2년간 중국 출판의 현장에서 다양한 지식을 쌓고 온갖 경험과 맞닥뜨리면서 나는 과거와는 다른 내가 되었다.

박은주 사장은 당시 해외 진출의 의지가 강력했다. 한정된 국내 시장에서는 더 이상 성장을 도모하기가 어렵다고 생각했기 때문이다. 그녀는 중국뿐만 아니라 미국, 일본, 베트남 등 각국의 출판시장을 노크하며 해외 지사 설립 가능성을 타진했지만 최종적으로 낙점한 국가는 중국이었다. 그리고 내가 입사하기 전부터 연변의 한 출판사로부터 베이징의 민영출판기업을 소개받아 현지 합작회사 설립의 파트너로 고려하고 있었다. 그래서 입사 후 내가 처음 부여받은 미션은 바로 그 민영출판기업과의 합작 가능성을 타진하는 것이었다.

그러나 나는 한 달여간의 조사 끝에 그 회사와의 합작은 현실적이지 않다는 결론을 내렸다. 중국 출판계에서 어쨌든 민영출판기업은 국유출판사의 하청기업에 지나지 않는다. 아무리 좋은 콘텐츠와 제작, 마케팅 능력이 있어도 국유출판사에서 ISBN과 제작, 유통 면허를 빌리지 않으면 어떠한 경영행위도 할 수 없기 때문이다. 중국에 진출한 해외 출판사도 기업의 성격은 역시 현지 민영출판기업과 다를 바가 없다. 따라서 반드시 국유출판사와 합작해야만 안정적으로 현지에 정착할 수 있다. 민영출판기업과 합작을 해봤자 어차피 또다시 국유출판사의 도움을 받아야만 하는 것이다. 그래서 과거에 대한교과서출판사와 웅진출판사도 중국에 진출하면서 국유출판사인 상하이소년아동출판사, 세계도서출판공사와 각기 합작을 했고 이 두 사례는 김영사 이전에 시도된 한국 출판계의 유이(唯二)한 중국 진출 케이스로서 김영사 이후로는 현재까지 다시 시도된 예가 없다. 그만큼 중국의 출판시장은 외국출판사가 진출하기 어려운, 대단히 폐쇄적인 영역이다.

박은주 사장이 내심 희망하던 중국 진출 방안을 부정적으로 결론 낸 탓에 나는 즉시 대안을 마련해야 했다. 그래서 앞에서 언급한 중국인 친구 장위안을 통하여 장쑤성(江蘇省) 난징에 소재한 장쑤펑황(鳳凰)출판그룹

산하의 장쑤인민출판사에 접근했다. 연 매출 4조 원으로 중국 내 30여 개 출판그룹 중 규모 면에서 부동의 1위인 장쑤평황출판그룹은 14개 출판사를 거느리고 있는데 장쑤인민출판사는 그중에서 가장 높은 위치에 있는 곳이었다. 나는 그 출판사에 김영사와 김영사가 보유한 원천 콘텐츠를 자세히 소개한 자료를 보내며 합작회사 설립의 의향이 있는지 타진했다. 다행히 장쑤인민출판사의 반응은 매우 적극적이었다. 이때부터 나는 대학 동기이자 회사 동료인 S와 함께 중국을 넘나들며 장쑤인민출판사와 협상을 벌이기 시작했다.

협상은 순조로웠다. 장쑤인민출판사는 이미 평황롄둥(聯動)유한공사라는 유명 민영출판기업과의 합작회사를 세운 바 있었고 나아가 모 그룹 장쑤평황출판그룹도 얼마 전 프랑스의 다국적 출판기업 아셰트출판그룹과 합작회사 설립을 마친 상태였다. 그래서 경직된 국유출판사답지 않게 상당한 협상 노하우와 유연성을 지니고 있었다. 장쑤인민출판사는 김영사의 우수한 출판콘텐츠를 마음에 들어 했으며 향후 합작회사 설립을 통해 그 콘텐츠를 출시함으로써 자사의 실적으로 삼고자 했다.

그런데 협상의 마지막 단계에서 예기치 않은 문제가 발생했다. 석 달간의 조율을 무사히 마치고 마침내 정식 합작계약서를 쓰기 위해 나와 S는 난징을 방문해 장쑤인민출판사 회의실에서 류(劉) 사장과 마주앉았다. 양쪽이 계약서에 서명을 하기 전, 남은 절차는 한 가지뿐이었다. 상부인 장쑤펑황출판그룹의 고문변호사로부터 법률 자문 결과만 들으면 그만이었다. 그런데 고문변호사와 길게 통화를 하고 나서 류 사장의 안색이 심각하게 변했다.

"나도 몰랐던 변수가 있었네요."

그의 설명을 다 듣고 나서 나와 S는 아연실색했다. 알고 보니 얼마 전 프랑스 아셰트출판그룹은 장쑤펑황출판그룹과 합작계약을 할 때 계약서에 '해외출판사와의 합작에 관한 자신들의 배타적 권리'를 명시했다. 다시 말해 합작회사를 세우는 조건으로 향후 다른 해외출판사와는 유사한 합작을 하지 말라고 요구했고 장쑤펑황출판그룹은 이를 수락한 것이었다. 따라서 애초부터 김영사는 장쑤인민출판사와 합작회사를 세울 수 없는 조건이었다. 하지만 그 계약 내용은 그룹 본부의 기밀이었으므로 류 사장은 전혀 알지 못했고 김영사와의 합작

계약을 눈앞에 두고서야 비로소 그 치명적인 사실을 통보받은 것이었다.

얼굴이 흙빛이 된 우리 앞에서 류 사장은 한참을 고심하다가 한 가지 편법을 제시했다.

"그 배타적 계약 조항을 피할 방법이 있기는 해요. 합작회사의 성격을 '출판회사'가 아니라 '교육컨설팅회사'로 바꿉시다. 아셰트는 우리에게 다른 해외출판사와 출판 합작을 하지 말라고 한 것이지, 다른 성격의 합작까지 못 하게 한 것은 아니니까요. 명의만 교육컨설팅으로 바꿔 합작회사를 세우고 실제로는 출판을 해도 됩니다."

확실히 가능한 방법이기는 했다. 어차피 쌍방이 세우려던 출판회사는 민영이었고 중국에서 민영출판기업은 근본적으로 정식 출판권이 없는 상태에서 국유출판사의 자격을 빌려 경영을 해야 하므로 교육컨설팅회사를 세워 출판을 해도 전혀 문제 될 것은 없었다. 하지만 누구보다도 박은주 사장의 의중을 잘 아는 S는 이 제안을 거절했다.

"김영사는 최대한 정규적이면서도 합법적인 형태로 중국에 진출하려고 하기 때문에 그런 편법은 채택하기 어렵습니다."

우리는 그렇게 장쑤인민출판사와의 합작을 포기했다. 지금 돌아봐도 그 선택이 옳았는지 틀렸는지는 판단하기 어렵다. 만약 류 사장의 제안을 받아들였다면 확실히 쉽게 난징에 합작회사를 세우고 신속하게 현지 출판을 시작할 수는 있었을 것이다. 그러나 그 결과가 좋았을지는 장담하기 어렵다. 그 직전에 세워진 아셰트와 장쑤평황출판그룹의 합작회사가 쌍방의 갈등으로 인해 부진한 성과를 보였기 때문이다. 프랑스와 중국 간의 상이한 문화와 경영 철학이 경영에 부정적인 영향을 미쳐 좀체 출간 종수를 늘리지 못했고 마케팅도 지지부진했다. 아셰트는 디즈니 등 유명 캐릭터를 활용한 아동서 콘텐츠도 다수 보유하고 있었는데도 그랬으니 김영사도 합작회사 설립 후 장쑤인민출판사와 잘 협력해 성공적으로 사업을 전개할 수 있었을지는 아무도 알 수 없다. 하지만 그래도 그때 장쑤인민출판사와 손을 잡았더라면 그 후 1년간에 걸친 고난의 역정은 겪지 않아도 됐을 것이다.

2010년 여름, 나는 다시 원점으로 돌아와 역시 장위안을 통해 새로운 합작 파트너를 찾기 시작했다. 이번에 그가 소개한 출판사는 항저우(杭州)출판사라는 곳이었다. 중국의 출판사는 중앙출판사, 지방출판사, 대학출판사, 도시출판사 등으로 나뉜다. 중앙출판사는 공산당 중앙이나 중앙정부의 각 행정부서, 협회에 속한 출판사이며 지방출판사는 각 성이나 직할시, 자치구에 속한 출판사, 대학출판사는 대학 소속 출판사 그리고 도시출판사는 베이징, 톈진, 충칭, 칭다오 등 대도시 지방정부에 속한 출판사다. 항저우(杭州)출판사는 저장성(浙江省) 항저우 시정부 산하의 도시출판사로서 주로 저장성과 항저우시의 공공출판물을 발간하고 있었다. 따라서 김영사가 중국에서 내려는 일반 단행본은 전혀 취급한 이력이 없었다. 더욱이 항저우라는 도시는 대도시이기는 해도 베이징, 상하이, 난징보다는 출판문화가 덜 발달한 곳이었다. 다시 말해 현지의 우수한 출판 인재를 찾아 채용하기가 어려웠다. 이런 이유 때문에 S와 나는 주저하지 않을 수 없었지만 상상 외로 적극적인 항저우출판사의 태도로 인해 협상이 빠르게 전개되었다.

항저우출판사 쉬(徐) 사장은 만약 합작회사를 세운다면 경영의 전권을 김영사에 넘겨주고 자신들은 검열 당국과의 문제를 비롯한 제반 행정적 문제를 대신 해결해줄 뿐만 아니라 사무실까지 무료로 제공해주겠다고 약속했다. 동시에 우리는 장쑤인민출판사 같은 대형출판사보다 항저우출판사처럼 단행본 출판에 서툰 출판사와 손을 잡는 것이 오히려 우리가 더 주체적으로 자유롭게 사업을 벌이는 데에 더 유리할 수도 있다는 판단을 했다. 하지만 이 판단은 나중에 오류였다는 것이 밝혀졌다.

김영사와 항저우출판사가 각기 49:51의 지분 구조로 중외(中外)합자출판회사, 항저우무룽문화유한공사(杭州木榮文化有限公司)를 설립한 것은 2011년 2월이었다. 이 회사의 사장은 S가 맡아서 맨 처음 약속대로 경영을 지휘하게 되었지만 이사회의 회장은 쉬 사장이었고 다섯 명으로 이뤄진 이사회의 구성도 중국 측이 세 명, 한국 측이 두 명으로 원칙적으로 의결권은 중국 측에 있었다. 이 점은 사실 큰 리스크였지만 중국의 중외합자기업 법규가 본래 그렇게 정해져 있었으므로 어쩔 도리가 없었다.

합자회사 전까지 S와 나는 거의 매달 중국에 출장을 다녔지만 이제는 상주자가 필요해졌다. 결국 사장인 S가 항저우 도심의 단칸 오피스텔을 빌려 상주자가 되었고 이사 직함을 맡은 나는 대학 강의 때문에 한 달의 절반만 항주에 머물렀다. 그리고 우여곡절 끝에 현지 직원으로 통역 한 명, 유통 담당자 한 명, 편집자 한 명, 재무 및 행정 담당자 한 명, 디자이너 한 명을 뽑은 뒤, 한국 도서 중심으로 출간 도서를 차근차근 준비하기 시작했다.

합작 파트너로서 겉으로는 친절하고 협조적이었지만 왠지 불안했던 항저우출판사의 속내가 결정적으로 드러난 것은 첫 책의 발간을 코앞에 둔 5월쯤이었다. 그 책은 국내 유명 드라마의 주요 장면을 캡처해 만화처럼 구성한 '영상만화'였다. 우리는 당시에도 거셌던 한류에 편승해 중국 젊은이들을 공략할 생각이었는데 컬러 인쇄에 아트지를 써야 했기 때문에 책값이 비쌌다. 그런데 그 책을 온라인서점에서 중점적으로 팔 생각으로 항저우출판사에 유통 면허를 요청했을 때, 항저우출판사 쉬 사장은 놀랍게도 온라인서점과는 거래를 하면 안 된다고 잘라 말했다.

"온라인서점은 출판사에게 납품 받는 공급률이 정가의 55~60%에 불과합니다. 세상에 그런 도둑놈들이 어디 있나요? 우리 책은 오프라인에만, 그중에서도 국영

도매상인 신화서점에만 납품하세요. 공급률이 7, 80%
는 돼니까요."

신생 기업이어서 오프라인 유통 능력이 약하고 또 책
자체가 젊은 층이 주요 독자여서 온라인 유통과 마케팅
이 중요했던 우리에게는 청천벽력같은 소리였다. 경영
의 전권을 김영사 측에 맡기겠다고 했던 항저우출판사
의 약속은 합자회사 설립과 동시에 공수표가 되고 말았
다. 가뜩이나 슬금슬금 채용과 회계에 일일이 관여하기
시작한 것도 신경이 쓰였는데 이제는 가장 중요한 유통
방식까지 그렇게 좌지우지하려 했다.

S가 강력히 항의했지만 쉬 사장과의 의견 차이는 좁
혀지지 않았다. 쉬 사장은 항저우출판사를 운영하며 굳
어진 자신의 고정관념에서 한치도 벗어나지 못했다. 당
시 항저우출판사는 대부분의 책들을 '특판' 형태로 팔
고 있었다. 성 정부와 시 정부의 지원을 받는 공공출판
물만 냈기 때문에 그들의 판매처는 주로 각급 기관과
공공도서관으로 미리 정해져 있었고 공급률이 정가의
80%에 달하는 오프라인 서점 판매량은 극히 미미했다.
그러니 무한경쟁과 낮은 공급률을 감수해야 하는 온라
인서점 유통에 극히 회의적일 수밖에 없었던 것이다.

더구나 엎친 데 덮친 격으로 당시 우리는 오프라인 유통을 추진하던 유통 책임자를 해고해야 했다. 일주일씩 두 번에 걸쳐 지방 출장을 갔던 그가 가짜 출장비 영수증을 제출한 것이 발각되었기 때문이다. 그가 능력이 있든 없든 윤리적 문제가 노출된 이상 함께 일할 수가 없었다. 이렇게 우리는 이미 책을 다 인쇄해놓고도 그것을 온라인에서도, 오프라인에서도 팔 수 없는 지경에 처하고 말았다.

우리는 중대한 결정을 내려야만 했다. S는 본사의 박은주 사장과 논의한 끝에 결국 항저우출판사와의 합작을 종료하기로 결정했다. 지금 돌아보면 애초에 항저우 출판사가 우리와의 합작에 적극적이었던 것은 해외출판사와의 합작이 자신들의 고과 평가에 대단히 유리했기 때문이었던 것 같다. 해외의 우수 콘텐츠를 확보하고 자금까지 유치한 것으로 인해 그들은 틀림없이 정부와 공산당으로부터 정치적, 경제적 이익을 취했으리라 본다. 하지만 일단 목적을 달성한 뒤부터는 완전히 태도를 바꾸어 경영의 모든 항목에 다 간섭했다. 심지어 마지막에는 합자회사의 성격을 출판기업에서 IT교육기업으로 전환하자는 요구까지 했다. S는 본래 IT교육 전문가 출신이었는데도 그 요구에 응하지 않았다. 김영사는 어디까지나 출판을 하기 위해 중국에 온 것이기 때문이었다.

S는 항저우출판사에 그들 소유의 지분을 구입해서 합자회사를 완전히 인수하겠다고 제의했다. 항저우출판사는 기다렸다는 듯이 그 제의를 반겼다. 그렇게 항저우무릉문화유한공사는 중외합자회사에서 외국독자(獨資)회사로 성격이 바뀌었다. 그리고 더 이상 출판의 변방인 항저우에 머무를 이유가 없어졌다. 우리는 중국 문화의 중심지, 베이징으로 회사를 이전하기로 결정했다.

물론 무작정 떠날 수는 없었다. 우리 회사는 독립적인 회사가 되긴 했지만 독립적으로 출판을 하는 것은 역시 불가능했다. 다시 합자회사를 세우지는 않더라도 여전히 어떤 국유출판사와 파트너십을 맺고 그들의 협조를 받아야만 했다. 따라서 베이징에 가기 전, 새로운 파트너로 또 다른 국유출판사를 섭외해야만 했다. 이때 S는 실수를 되풀이하지 않기 위해 과감한 결정을 했다. 한 달 뒤인 8월 말에 열린 베이징국제도서전에서 새로운 파트너가 될 만한 중국 출판사들을 집중적으로 만나 협상을 전개하기로 했다.

이 과정은 전적으로 우리 회사 스스로 주도했다. 먼저 내가 570여 개 중국 출판사 명단 중에서 우리와 출판 방향이 맞는 실력 있는 출판사를 선별했고 이어서 중국인 직원을 시켜 그들에게 일일이 전화를 걸어 우리와의 합작 의향이 있는지 물어보고 자료를 보내 검토하게 했다. 그렇게 해서 가장 적극적인 태도를 보인 출판사 십여 군데와 베이징에서 만나 실제 협상을 벌였다. 최종적으로 우리는 창장문예출판사(長江文藝出版社)를 택했다. 후베이성(湖北省) 우한(武漢)에 본부가 있는 창장문예출판사는 당시 문예 출판물 분야 매출에서 중국 1위였고 무엇보다 사장이 우리와 합작하는 데 강력한 의지를 보였다. 우리는 그들과 새로운 형태의 파트너십을 맺기로 결정했다.

과거의 전철을 다시 밟을 수는 없었다. 새 파트너와 무턱대고 합작기업을 세우기보다는 우선 일정 기간, 일정 종수의 책을 5:5 투자, 5:5 수익 배분의 원칙 아래에서 출판하는 형식의 '프로젝트 합작'을 하기로 했다. 합작기업을 세우려면 합작 쌍방의 신뢰가 대단히 두터워야 할 뿐만 아니라, 일단 세우고 나서 서로 갈등이 발생

하면 큰 곤경에 처할 수 있음을 우리는 이미 항저우출판사를 통해 톡톡히 체험한 바 있었다. 그래서 일단 프로젝트 합작을 통해 상호 신뢰가 다져진 연후에 합작 기업 설립을 논의하자고 우리와 창장문예출판사는 의견을 모았다. 다음으로 프로젝트 합작의 역할 분담에서 우리는 유통 업무를 창장문예출판사에 일임했다. 사실 복잡하고 광대한 중국의 도서 유통망을 한국에서 온 우리가 건사하는 것은 애초에 불가능한 일이었다. 유통은 전적으로 창장문예출판사에 맡기고 우리는 도서 기획과 편집 그리고 온라인 마케팅에 집중하기로 했다.

다행히 창장문예출판사는 항저우출판사와는 비교도 되지 않을 만큼 규모가 크고 단행본 판매에 밝았으며 상호소통에도 적극적이었다. 특히 양쪽의 책임자인 S와 류 사장의 믿음이 금세 두터워져서 실무진에서 빚어지는 자잘한 오해를 그때그때 해소할 수 있었다. 그리고 상호 신뢰를 위해서는 지속적인 회계 자료의 공유가 가장 중요했는데, 창장문예출판사는 정기적으로 ERP 프로그램상의 판매 수치를 캡처해 우리에게 보내주겠다고 약속했다.

이 모든 협의가 끝난 시점은 2011년 말이었던 것으

로 기억한다. 그리고 당시 항저우무룽문화유한공사는 이미 베이징 펑타이구에 새 사무실을 구하고 조직의 재정비를 막 완료한 상태였다. 이렇게 우리는 무려 2년의 세월을 들여 비로소 중국에서 본격적으로 출판을 할 수 있는 준비를 마쳤다.

나는 이듬해인 2012년 여름 초입에 항저우무룽문화유한공사를, 그리고 김영사를 떠났다. 주력 도서인 『만화로 보는 세계사』 시리즈의 출간 작업이 한창인 때여서 S와 다른 직원들에게 미안하기는 했지만 더는 회사에 머물 수가 없었다. 아이러니하게도 회사가 제 궤도에 오른 시점부터 줄곧 회사에서 이제 내가 할 수 있는 역할이 별로 없음을 절감했기 때문이다. 처음부터 나는 창업을 위해 채용된 것이었지 수성에는 큰 보탬이 안 됐다. 통역, 편집, 행정은 현지 사정을 잘 아는 중국인 직원들이 안정적으로 일을 해나갔고 중요한 경영 행위는 S가 책임졌다. 또한 회사의 주된 출판 방향은 한국 아동도서와 자기계발서의 번역 출판이었으므로 따로 내가 기획에 관여할 여지도 별로 없었다. S는 "너는 창업 공신이니 역할이 없어도 1년 정도는 더 회사에 있을 수 있어."라고 퇴직을 만류했지만 그럴 수는 없었다.

내가 필요치 않은 곳에 눌러앉아 있는 것은 내 성미에도 도리에도 맞지 않았다. 게다가 속히 박사학위 논문을 제출해야 하는 개인 사정도 있었다. 그해 가을 내에 논문을 제출하지 않으면 나는 박사학위를 포기해야 했다. 겨우 서너 달이 남은 셈이었다. 어차피 계속 번역가로 살아갈 텐데 박사학위가 무슨 소용이냐는 생각이 들기도 했지만 석, 박사 학비를 대주신 부모님께 죄송해서 포기할 수가 없었다.

나는 한국으로 돌아와 김영사 본사에 사직서를 내고 선배 교수의 연구실에 처박혀 석 달 동안 초단기로 박사학위 논문을 완료했다. 있을 수 없는 일이었지만 '중국 출판산업의 변화와 인터넷문학'이라는, 나만 알고 있고 나만 관심이 있는 주제를 택해 어렵사리 기한 내에 마무리 지을 수 있었다. 비록 내 본래 전공은 중국 현대문학이었지만 2년 넘게 중국 출판 현장에 있었던 경험을 살려 앞으로 한국에서 중국 출판 전문가 역할을 해볼 수도 있겠다는 생각이 들어 일부러 그런 주제를 택한 면도 있었다.

내가 떠난 뒤에도 S가 이끄는 김영사 중국법인, 항저우무릉문화유한공사는 창장문예출판사와 긴밀히 협조하며 착실히 책을 출판했다. 2013년과 2014년, 『만화로 보는 세계사』 시리즈와 한국 여성 작가의 자기계발서 등을 연이어 출간해 비교적 유의미한 성과를 거두었다. 항저우무룽문화유한공사의 기획력과 창장문예출판사의 강력한 유통 능력이 양호하게 화학적 결합을 이룬 덕택이었다.

하지만 애석하게도 항저우무룽문화유한공사의 수명은 길지 못했다. 2015년 김영사 본사의 사정으로 박은주 사장이 물러나고 새 사장이 취임하면서 대대적인 구조 조정이 진행되었는데, 이제 겨우 수익을 낼 시점이 된 중국 사업도 그 대상이 된 것이다. 새 사장은 4년간 항저우무룽문화유한공사가 겪은 경험의 가치와, 그것을 바탕으로 한 향후 전망을 전혀 인식하지 못했다. 그래서 항저우무룽문화유한공사는 비슷한 시기에 중국에 진출했던 웅진출판사 중국법인과 마찬가지로 본사의 사정으로 인해 아쉽게도 해체의 운명을 맞고 말았다.

그 4년간 S와 나, 그리고 중국인 직원들이 폐쇄적인 중국 출판시장에서 분투하며 습득한 귀중한 노하우가 그렇게 물거품이 돼버린 것은 지금 생각해도 아쉽기 그지없다. 그때보다 훨씬 더 취약해진 한국 출판계의 자본력을 감안하면 앞으로 또 중국 출판시장에 도전하는 한국 출판사가 있을 것 같지 않다. 회사의 존망이 불투명해 하루하루가 불안했던 그 시절, 회사에서도 집에 돌아와서도 회계 자료를 꺼내놓고 계산기를 두드리던 S의 심각한 표정이 아직도 떠오른다. 당시 S와 나는 스트레스 때문에 매일 한 움큼씩 머리가 빠졌다. 다행히 S는 귀국 후 다른 대기업으로 이직하고 나서 머리숱이 회복되었다. 하지만 나는 그렇지 않았다. 다시 번역가의 자리로 돌아와 새로운 싸움을 시작해야 했기 때문이다.

다시 중국어 출판번역가로

2013년 봄, 박사학위를 받자마자 나는 노트북과 몇 권의 중국어 원서를 싸 들고 집 근처 도서관에 다니기 시작했다. 다시 번역 일을 시작해야 했으므로 뭔가 기획을 해서 출판사에 제안할 심산이었다. 하지만 꼬박 2년여를 쉬어서인지 영 마땅한 기획거리가 찾아지지 않았다. 특히 전문 분야인 중국 소설 기획을 포기한 데다 쉬는 사이 아는 편집자들이 직장을 옮겨 네트워크가 거의 끊어지는 바람에 더 그랬다.

솔직히 막막했다. 막막하니 딴생각만 들었고 그럴 때마다 한창 재미 들린 페이스북을 들락거렸다. 그리고 그 와중에 글항아리 강성민 대표와 친구로 연결되었다.

혜성 같이 나타난 인문학 출판의 강자, 글항아리에 대해서는 그전에 이름을 들은 바 있었다. 불가능한 속도로 벽돌 두께의 인문서를 척척, 시장에 내놓는 불가사의한 출판사라고들 했다. 그래서 내심 궁금해하고는 있었는데 막상 온라인 친구가 되고 나니 그렇게 유쾌한 사람이 없었다. 순박하고 유머러스하면서도 의외로 다혈질인데 어떤 면에서 나와 코드가 잘 맞았다. 아마 국문학도이면서 시를 쓰던 사람이라 그랬던 것 같다. 중문학도이면서 역시 시를 썼던 나와 이상하게 소통이 잘됐다. 그래서 한 번도 만나지 않은 사이인데도 서로 댓글 놀이를 하며 잘 놀고 있었는데 어느 날 그에게서 난데없는 질문을 받았다.

"혹시 이중톈의 중국사 시리즈에 대해 잘 아세요?"

나는 어안이 벙벙했다. 왜 모르겠는가. 나는 2013년 5월 중국에서 첫 권이 나온 『이중톈 중국사』 시리즈를 2012년 후반에 저작권 에이전시로부터 미리 PDF 샘플을 받아 검토한 사람이었다. 당시 검토를 지시한 사람은 김영사의 박은주 사장이었다. 이메일로 그 샘플을 보내며 김영사에서 『이중톈 중국사』를 내보는 것이 어떨지 물어왔다. 김영사는 여러 해 전 이중톈의 『삼국지 강의』를 출간해 톡톡히 수익을 거둔 적이 있었으므로 관심이 클 만도 했다.

당시 나는 바로 인터넷을 뒤져 『이중톈 중국사』 시리즈의 출간 계획에 관한 정보를 섭렵한 뒤, 짧게 결론을 정리해 답장을 보냈다.

이중톈의 매체 인터뷰를 보면 『이중톈 중국사』 시리즈는 6부로 나뉘며 각 부당 6권, 즉 전체 36권으로 출간된다고 합니다. 제1부 '중화의 뿌리'는 진나라 이전 시대를, 마지막인 제6부 '대변혁'은 근현대를 다룹니다. 다시 말해 여와의 신화, 전설 시대부터 덩샤오핑 시대까지 중국사 전체를 망라하는 대작 중의 대작입니다.

그런데 샘플 원고를 보니 『이중톈 중국사』는 각 권의 분량이 상당히 적습니다. 한국어로 번역을 하면 원고지 600~800매에 불과한데, 일반적인 중국 학술서의 3분의 1밖에 되지 않습니다. 이것은 대중성을 고려한 이중톈의 새로운 글쓰기 전략이기도 하겠지만, 그것보다는 이 시리즈의 출판 담당자이자 중국 출판계 최고의 기획자로 꼽히는 루진보(路金波)의 꼼수일 겁니다. 이중톈의 명성에 편승해 일부러 최대한 많은 권수로 나눠 시리즈를 냄으로써 이익을 극대화하려는 것이죠.

하지만 아무리 권당 분량이 적더라도 이중톈은 분기별 2권, 매년 8권의 속도로 5년간 혼자 힘으로 36권을 완간하겠다고 하는데 이것은 제가 보기에는 도저히 불가능한 계획입니다. 더구나 이중톈의 전공 분야는 위진(魏晉) 시대 이전의 역사입니다. 위진 시대까지는 어떻게든 자신의 과거 학술 연구를 참고하면서 속도를 낼 수 있겠지만 그 뒤의 역사를 기술하려면 원전부터 연구 논문까지 새로 읽고 연구해야 할 자료가 산더미 같을 겁니다. 당연히 속도가 늘어질 수밖에 없습니다. 그리고 제6부는 덩샤오핑 시대인데 최근 역사 기술에 대한 중국 공산당의 엄격한 태도를 감안할 때 원활한 집필이 가능할지 의문입니다.

요컨대 『이중톈 중국사』의 출판을 포기하라는 소리였다. 중국의 '국민 학자' 이중톈의 작품이니만큼 내용의 재미와 충실성은 보장될 것이라고 보았지만 중국 출판사의 지나친 상업주의적 행태가 마음에 안 들었고 무엇보다도 시리즈가 순탄하게 완간될 수 있을지 불안했다. 게다가 이중톈은 당시에 벌써 67세의 고령이었다. 그 나이에 36권짜리 거작을 쓰기 시작해 과연 다 마칠 수 있을까?

박은주 사장은 직원의 말을 참고하기는 하지만 어디까지나 본인의 감이 최우선인 사람이었다. 그래도 그녀는 내 말을 들었다. 즉, 내 말도 참고할 만했고 본인의 감도 『이중톈 중국사』가 영 아니었던 것이다. 그런데 강성민 대표는 박은주 사장만큼이나 자기 감을 믿는 사람인데도 완전히 다른 선택을 했다. 내가 솔직하게 우려를 전달했건만 『이중톈 중국사』 1권의 내 샘플 번역만보고 출간을 결정했다.

"역시 이중톈이에요. 역사에 대한 대가의 통찰이 돋보여요!"

나는 꿀 먹은 벙어리가 되었다. 더구나 강 대표가 높은 번역료로 『이중톈 중국사』 시리즈 전체의 번역까지 부탁해왔으니 당시 일감이 없어 고민하던 나로서는 더토를 달 여지가 없었다.

2020년 현재, 『이중톈 중국사』 시리즈는 중국에서 21권째인 『주씨의 명 왕조』(朱明王朝)까지 출간된 상태다. 이중톈이 처음 공언한 계획대로라면 2018년에 완간됐어야 하지만 역시 내 우려가 옳았다. 한편 『이중톈 중국사』 시리즈의 한국어판은 2020년 현재 제 11권 『위진풍도』까지 출간되어 중국보다 무려 열 권이 뒤져 있다.

이는 예기치 못한 판매 부진 때문이다. 하지만 『이중톈 중국사』 시리즈의 내용 자체는 아무 문제가 없다. 깊이와 가독성을 겸비한 대중 중국사로 그만한 저술은 전무후무하다. 그 가치를 알기에 열광적인 소수 마니아층이 생겨났고 강 대표도 다소 느리기는 해도 뚝심 있게 출간을 밀어붙이고 있다. 그는 그런 사람이다. 판매 성적이 뒷받침해줄 것 같지 않아도 내용만 충실하면 어떻게든 책을 내려 한다.

나의 대학 같은 과 후배이기도 한 유유출판사의 조성웅 대표도 비슷한 점이 있다. 지금은 한국 일인 출판사의 대명사로 떠오른 유유출판사를 그가 얼마나 알뜰살뜰 꾸려왔는지 나만큼 잘 아는 사람은 없을 것이다. 공부, 책, 중국, 이 세 가지 키워드를 출판 방향으로 삼고 주로 국내 기획물 중심으로 착실히 책을 내오면서 늘 신경을 곤두세우고 불필요한 지출을 최소화했다. 그런데 무슨 귀신이라도 씌었는지 2013년부터 타이완 저자 양자오의 동, 서양 고전 시리즈를 무려 17종이나 냈다! 내가 알기로는 그중 초판이 다 팔려 손익분기점을 넘긴 책이 겨우 5종밖에 없는데도 말이다.

"나는 양자오 선생이 언젠가 한국에서 꼭 인정받았으

면 좋겠어."

언젠가 조성웅 대표가 이렇게 말했을 때 나는 옆에서
아무 말도 할 수 없었다. 기가 막히기도 하고 계면쩍기
도 했다. 기가 막혔던 것은 그가 작은 규모의 출판사를
운영하면서도 손해를 무릅쓰고 자기가 '최애'하는 외국
저자의 책을 계속 내려 했기 때문이고, 계면쩍었던 것
은 그를 손해 입힌 열두 종의 책 중 고전 시리즈 여섯 종
을 내가 번역했기 때문이다. 본래는 한 종만 번역하고
손을 떼려 했지만 어쩔 수가 없었다. "나는 고전문학 전
공도 아니고 중국 고전도 안 좋아해. 제발 더는 내게 양
자오 책 번역을 맡기지 말아줘."라고 내가 호소했을 때,
조 대표는 단 한 마디로 내 입을 막았다.

"형, 번역 끝내고 원고 보내면 그날 당장 번역료 입금
할게."

나는 넋을 잃고 말았다. 모든 출판번역가의 꿈, 그것
은 탈고일에 돈이 들어오는 것이니까.

나의 번역계 복귀와 재출발은 이로써 순풍을 탔다.
출판번역가에게 고정 거래처가, 자기를 믿고 계속 일을
맡겨주는 출판사가 있다는 것은 엄청난 힘이다. 무엇보
다도 집안 살림과 업무 스케줄을 예측할 수 있게 되기

때문이다. 물론 단점이 아주 없지는 않았다. 지난 5년간 글항아리와 유유출판사 외에 내게 번역을 부탁해온 출판사는 기껏해야 서너 군데밖에 안 된다. 왜 그런지 궁금해서 다른 출판사 편집자를 붙잡고 물어보면 대답은 늘 한결같다.

"선생님은 글항아리 전속 번역가 아니셨어요?"

이런 말을 들으면 드는 생각은 하나뿐이다. 글항아리에, 유유출판사에 잘 해야 한다. 잘못해서 사이가 나빠지면 나는 굶어 죽는다!

2013년 이후, 글항아리와 유유출판사가 아니었으면 나는 어떻게 됐을까. 아마 채택률 5%의 외서 출간기획서를 이 출판사, 저 출판사에 돌리면서 생계는 거의 전적으로 대학 강의에 의존했을 것이다. 어쩌면 겨우 따낸 박사학위를 밑천 삼아 연구재단 프로젝트와 대학교수 임용 신청에 목을 맸을 수도 있다. 하지만 두 출판사와의 신뢰 관계 덕분에 이제는 대학 강의를 한 개로 줄이고(시간강사는 과거에도 현재에도 막막하기 그지없다) 기획과 번역에 전념할 수 있게 되었다. 결국 출판번역가의 후원자는 오직 하나, 믿을 만한 출판사뿐이다. 그러면 어떻게 출판사의 믿음을 얻을 수 있을까? 그 방법도 역시 하나뿐이다. 혈연, 학연, 친분, 다 소용없다. 오로지 편집자가 크게 손댈 필요 없이 말끔히 번역된 원고를 약속한 기일 안에 출판사에 넘기는 것뿐이다. 이 얼마나 간단하면서도 부담이 천근 같은 요건인가.

시 주석의 도움으로

2016년 가을은 한국과 중국의 콘텐츠 합작과 관련된 이들에게는 잊을 수 없는 계절이었다. 그해 여름, 한국 정부는 사드 한 개 포대를 한반도에 배치하겠다고 공식 발표했고 가을에는 영상, 공연, 게임, 출판 등 모든 분야에서 한국 콘텐츠의 중국 수입 및 한중 콘텐츠 합작 활동이 중지되었다. 출판 분야만 놓고 보면 한국 도서의 대중 저작권 수출이 완전히 막혔는데 그 여파는 현재까지도 완전히 해소되지 않았다. 이로 인해 대중 저작권 수출로 쏠쏠한 부수입을 올렸던 한국 출판사들과, 이를 중개하던 저작권 에이전시들은 큰 타격을 입었다. 나 역시 손해가 없었던 것은 아니다. 한국 도서 저작권 수출이 막혔지 중국 도서 저작권 수입에는 전혀 영향이 없었지만 역시 그랬다. 2016년부터 '시진핑 주석의 도움을 받아' 새롭게 중국문학 번역의 돌파구를 찾고 있었기 때문이다.

'시진핑 주석의 도움'이라는 것은 구체적으로 말해 중국 정부의 해외번역지원 사업을 뜻한다. 이것은 2007년 제17차 중국공산당 전국대표대회에서 정식 제기된 '저우추취(走出去)' 전략의 문화 분야 정책으로서 '중국 문화의 세계 보편화'와 '중국 사회주의 이데올로기와 정책의 대외 선전'을 표방하여 국제 출판 저작권 교류 분야에서 큰 파장을 일으켰다. 예컨대 중국 정부는 2007년 중국도서대외추광계획(中國圖書對外推廣計劃), 2009년 경전중국국제출판공정(經典中國國際出版工程), 2010년 중화학술외역항목(中華學術外譯項目) 2014년 실크로드서향출판공정(絲路書香出版工程)을 국무원, 신문출판광전총국, 국가사회과학기금, 중국편집학회의 주도 하에 차례로 출범시켜 중국의 문화와 학술, 그리고 오늘날 중국의 발전상과 주요 정책을 담은 주요 도서의 해외 번역, 출판을 대대적으로 지원하기 시작했다. 비공식적으로 그 지원 액수는 연간 700억 원을 상회한다고 알려져 있으며 지원 도서 종수는 2018년 기준, 연간 672종에 이른다.

중국 정부의 해외번역지원 사업은 한국의 중국 번역서 시장에도 상당한 영향을 끼치고 있다. 한국에서 중국 번역서의 출간 종수는 2012년 364종, 2013년 318종, 2014년과 2015년 각기 480종으로 꾸준히 높아져 왔다. 이런 수치는 사실 불가사의하다. 최근 한국 출판 시장에서 중국 번역서의 판매가 워낙 부진했기 때문이다. 예를 들어 2018년 교보문고 종합베스트셀러 상위 200위 중 중국 번역서는 120위에 든 자기계발서인 쉬센장의 『하버드 첫 강의 시간관리 수업』단 한 권뿐이었다. 그 이전을 생각해도 1990년대 후반 위화의 『살아간다는 것』과 『허삼관 매혈기』이후로는 일반 독자들의 뇌리에 뚜렷하게 남은 중국 베스트셀러가 거의 없는 형편이다. 그런데 어떻게 중국 번역서는 출간 종수가 줄어들기는커녕 늘어나고 있는 것일까? 이것은 자본주의 시장 논리와는 무관한 인위적 요인을 제외하고는 설명이 안 되는데 바로 중국의 해외번역지원 사업이 그 요인인 것이다. 나는 조사를 통해 매년 적어도 60여 종의 중국 도서가 중국의 해외번역지원금을 받아 한국에서 출간된다는 것을 알아냈다.

"그래, 이 사업을 이용해서 한국에 꼭 소개해야 할 중국소설을 들여오자!"

마침 베이징의 인민문학출판사가 한국 저작권에이전시를 통해 번역지원금을 줄 테니 자사의 현대소설들을 출간할 수 있는지 글항아리에 문의해왔다. 나는 이에 적극적으로 협조해 루네이(路內)의 『자비』, 장웨란(張悅然)의 『고치』, 아이(阿乙)의 『도망자』 등 여섯 권을 골라 인민문학출판사에 통보했다. 그리고 다음에는 아예 내 쪽에서 중국 출판사에 접근했다. 한국출판문화산업진흥원에서 진행한 '찾아가는 중국도서전'과 매년 열리는 베이징국제도서전을 이용해 산둥(山東)문예출판사, 화청(花城)출판사, 외국어교육연구(外語教學與研究)출판사와 차례로 접촉하여 내가 고른 중국소설을 갖고 해외번역지원금 사업에 신청서를 넣게 했다. 그 결과, 2017년 쐉쉐타오(雙雪濤)의 『톈우 수기』, 쉬쩌천(徐則臣)의 『아, 베이징!』 등 중국소설 다섯 종에 대한 번역지원금을 따냈다.

1년여에 걸친 그 과정은 퍽 복잡다단했지만 다행히 순탄하게 진행되었다. 김영사 시절 중국을 왔다갔다하면서 중국어 실력이 그나마 좀 좋아진 덕도 있었고(매번 똑같은 '출판 중국어'만 구사하니 더 그랬다) 중국 출판사들의 적극적인 태도도 한몫을 했다. 국유기업인 중국 출판사들에게 해외 저작권 수출은 반드시 완수해야 할 국가적인 임무로서 정부의 고과 평가에서 상당한 비중을 차지한다.

그러나 난데없는 사드와 한한령의 내습이 글항아리와 나의 이 야심만만한 프로젝트에 큰 지장을 주었다. 문화 관련 중국 기업들의 한국 송금에 대한 검열이 엄격해져 중국 정부가 이미 중국 출판사들에 지급한 해외 번역지원금이 그들의 계좌에서 꼼짝없이 묶여 버린 것이다. 그나마 중국문학 전문 출판사 중 가장 강력한 인민문학출판사는 약속한 시점에 번역지원금을 보내주었지만, 다른 출판사들은 중국 정부의 눈치를 보느라 1, 2년 뒤 한한령이 다소 완화되고 나서야 차례로 번역지원금을 송금했다.

중국의 해외번역지원금은 국내에서 유일한 중국 현대소설 전문 브랜드인 글항아리의 '묘보설림' 시리즈 출간에 큰 도움이 되었다. 이미 출간된 12종 중 9종이 번역지원금 수혜 도서다. 비록 지원금 규모가 실제 번역비를 훨씬 상회하는 것은 아니지만 그래도 국내 외서 출판에서 번역비가 절약되는 것은 큰 도움이 된다. 더욱이 묘보설림 시리즈가 잘 판매되는 편도 아니어서 더

더욱 그렇다. 미안하게도 나는 『이중톈 중국사』뿐만 아니라 묘보설림 시리즈로도 글항아리에 크게 민폐를 끼치고 있다. 그래서 어떻게든 번역지원금을 끌어와 그 민폐를 조금이라도 덜어내려고 한다.

아마도 누군가는 내가 이런 방식으로 한국에 중국소설을 들여오려는 것에 대해 반감을 느낄 수도 있을 것이다. 한국 독자들에게 외면받는 외국 콘텐츠를 굳이 그렇게 인위적으로 수입할 필요가 있느냐고 말이다. 솔직히 일리 있는 의견이다. 중국 해외번역지원금 사업을 통해 한국에 출간된 중국 번역서 중 일부가 중국의 정책과 이데올로기를 선전하는 책임을 감안하면 더 그렇다. 하지만 시장 논리에만 의지해서는 도저히 한국에서 출판되기 어려운 중국의 중요한 지식 콘텐츠는 이런 방식으로라도 들여올 필요가 있다는 것이 내 생각이다. 특히 중국 현대문학은 현대 중국인의 살아 숨 쉬는 역사와 삶을 한국인에게 생생히 이해시킬 수 있는 문화적 매개체로서 일반 독자뿐만 아니라 많은 학자들에게 크게 기여할 수 있다고 본다. 또한 나로서는 나를 비롯한 여러 중국어 출판번역가들의 생존도 염두에 둬야만 한다. 최대한 중국의 양서들을 선별하고 번역지원금을 이용해 출판을 함으로써 능력과 열정이 있는데도 마땅한 일감을 못 찾는 중국어 출판번역가들에게 기회를 제공하려 한다. 이것이 바로 내가 '시 주석의 도움'을 얻어서라도 한국에 중국소설을 들여오려고 하는 이유이다.

번역의 미래

2018년 4월 2일자 어느 신문기사에서 직장인과 취업 준비생 4,147명을 대상으로 '미래에 사라질 직업'에 관해 조사한 결과를 보았다. 놀랍게도 번역가(31%)가 1위를 차지했다. 그 이유는 "컴퓨터나 로봇이 대체할 수 있을 것 같아서"였다. AI를 이용한 구글과 네이버의 자동 번역 기술이 눈부시게 발전하고 있기 때문인 듯했다. 하지만 그 기사는 AI가 아무리 발전해도 번역가라는 직업이 완전히 사라질 리는 없다고 분석했다. AI가 단순 번역 업무는 대체할 수 있어도 "배경 지식과 섬세한 뉘앙스가 요구되는 문학번역 같은 경우는 대체하기 어렵다"는 것이 그 이유였다.

이 기사 내용은 대체로 현실에 부합한다. 실제로 고유어와 단순한 문장 패턴이 반복되는 산업번역에서는 번역가가 설 자리가 점점 줄어들고 있다. 기업의 통번역직 채용 현황만 봐도 대체로 1, 2년 기한의 불안한 계약직이 많다. 먼저 AI 번역기를 돌리고 그 결과만 번역가가 감수하는 식의 업무 프로세스가 정착되리라고 본다. 그러나 "배경 지식과 섬세한 뉘앙스가 요구되는" 문학번역을 비롯한 출판번역도 사정이 크게 나은 것은 아니다. 바로 종이책 시장의 위축 때문이다. 지난 20여 년간 국내 도서의 초판 인쇄량은 평균 5천 부에서 2천 부로 대폭 감소했다. 상대적으로 판매량이 적은 중국 인문학 도서는 겨우 1천 부를 찍는 경우도 허다하다. 인쇄 부수의 감소는 곧 매출의 감소를 의미하고 매출이 감소하면 번역료가 늘어날 리 없다. 그래서 출판번역가의 번역료 수준은 오랫동안 줄곧 제자리걸음이었다. 2006년 『이혼지침서』를 번역할 때 막 신인급을 벗어나고 있던 내 매절 번역료는 200자 원고지 1매당 3,500원이었다. 이 금액은 현재도 중국어 출판번역의 표준 가격이다.

이 금액을 바탕으로 거칠게나마 중국어 출판번역가

의 생존 조건을 상세히 따져보기로 하자. 현재 국내의 중국어 번역서 연간 출판량은 400권 정도다. 권당 원고지 매수를 1천 매로, 매당 번역료를 3,500원으로 잡으면 총액은 14억 원인 셈이다. 물론 모든 책의 번역 계약이 매절이 아니고 도서 정가의 4~6%를 번역료로 지급하는 인세 계약도 상당수 있음을 감안하면 실제 총액은 이보다 훨씬 적겠지만 어쨌든 14억 원을 중국어 출판번역의 연간 매출 기준으로 삼는다면 과연 중국어 출판번역가가 몇 명이나 생존할 수 있을까? 1인당 연봉을 대충 3천만 원으로 잡으면 간신히 47명 정도라고 할 수 있다. 하지만 중국어 출판번역가가 연봉 3천만 원을 버는 것은 대단히 힘든 일이다. 역시 원고지 1매당 3,500원, 권당 원고량 1천 매를 기준으로 할 때 연간 8.57권을 번역해야만 한다. 이것은 불가능한 수치다. 베테랑인 나도 책 1권을 번역하려면 꼬박 두세 달이 걸린다. 다시 말해 보통의 중국어 출판번역가는 1년에 책 5권, 연봉으로 치면 1,800만 원 이하의 양을 번역하는 것이 고작인 것이다! 이런 현실 조건에서 출판번역이 그나마 'AI가 대체하기 어려운 일'이라는 것이 무슨 의미가 있을까.

그런 탓에 중국어 출판번역가는 '전업'으로 살지 못한다. 다른 부업을 갖거나, 아니면 다른 주업을 갖고서 번역을 부업으로 삼아야 한다. 나는 줄곧 전자였다. 대학 강의와 번역 강좌, 중국 출판 관련 컨설팅과 기고 그리고 웹소설 윤문까지 주업인 출판번역 일을 유지하기 위해 여러 가지 부업을 해왔다. 그래서 처음부터 출판번역가가 되고 싶다거나, 다른 일을 하지만 출판번역가로 전업을 하고 싶다고 찾아오는 이들을 선뜻 반겨주기가 어려웠다.

"다른 일은 도저히 하고 싶지 않고, 또 할 수 없는 분만 출판번역을 했으면 해요."

다시 말해 번역이 자신의 운명과도 같아서 다른 기회를 포기하고 스스로 열악한 조건을 감수할 수 있는 사람만 출판번역가가 되기를 바랐다. 그리고 한 가지 바람을 또 덧붙인다면 유연하면서도 단단한 문장력을 갖춘 사람이 출판번역가가 됐으면 했다. 외국어 원문을 모국어로 전환하는 역자의 문장력에는 원문의 끈질긴 간섭을 적절히 뿌리칠 줄 아는 유연함과, 원문의 의미를 거의 자동적으로 안정된 모국어의 단어와 통사구조로 표현하는 단단함이 필요하다. 하지만 이런 특수한 문장력을 갖춘 사람은 매우 드물며, 나아가 이런 문장력을 가졌는데도 굳이 출판번역가가 되려는 사람은 더욱 보기 힘들다. 거꾸로 요즘은 문장력이 좋은 출판번역가일수록 작가로 변신하려는 이들이 늘어나고 있다. 특히 2018년과 2019년 출판번역가가 쓴 에세이가 서점에서 자주 눈에 띄었다. 앞에서 인용한 신문기사를 보면 따로 10년이 지나도 살아남을 직업으로 1위는 연예인(33.7%), 2위는 작가(25.7%)를 꼽았다. 만약 유려한 문장력에 어느 정도의 창작 능력까지 갖고 있다면 아무래도 출판번역가보다는 작가가 되는 것이 바람직한 선택인 것이다. 물론 작가도 배고픈 직업 중 하나이기는 하지만 그래도 작가는 베스트셀러의 꿈이라도 꿀 수 있지 않은가. 출판번역가는, 특히 중국어 출판번역가는 대부분 판매량과 무관하게 원고량에 준하여 번역료를 계산하는 매절 계약을 맺으므로 애초에 베스트셀러가 가져다주는 일확천금과는 인연이 없다.

그런데 최근 몇 년 사이 갑자기 중국 웹툰과 웹소설 번역이라는 새로운 성격의 일거리가 대폭 증가해, 답답하기만 했던 중국어 번역계에 희망으로 떠오르고 있다. 웹소설과 웹툰은 인터넷 유료연재라는 독특한 유통 방식을 가진 콘텐츠로서 현재 전 세계에 이 방식으로 본격적인 서비스 체제가 구축된 국가는 한국과 중국뿐이다. 따라서 새롭게 늘어난 중국 웹툰·웹소설 번역의 혜택을 누릴 수 있는 번역가 역시 중국어번역가뿐이다.

중국 웹툰·웹소설 번역이 계속 증가하고 네이버 웹소설의 『천재소독비』(天才小毒妃), 카카오페이지의 『학사신공』(學士神功) 같은 히트작이 나오고 있는 것은 매년 20% 이상 성장하는 한국 웹콘텐츠 산업의 비약적인 발전과 직접적인 관련이 있다. 특히 국내 웹콘텐츠 플랫폼 1위 업체인 카카오페이지는 2018년 웹툰·웹소설 매출액이 약 1,660억 원이었고 같은 해 4분기에는 739억 원으로 전년 대비 무려 55%의 성장률을 기록했다. 서점에서 실종된 장르소설과 만화가 전부 웹으로 옮겨온 것을 넘어서 읽기의 편의성과 효과적인 마케팅으로 인해 독자의 수요도 폭증하고 있는 것이다. 그러나 수요의 갑작스러운 증가 속도를 공급이 따라가기는 힘들다. 신인 작가가 갑자기 양산될 수는 없기 때문이다. 바로 이런 수요와 공급의 격차를 가장 손쉽게 메울 수 있는 방법은 바로 외국 콘텐츠다. 그리고 현재 그 외국 콘텐츠의 유일한 조달처는 중국이며 그런 까닭에 중국어번역가에 대한 수요가 높아지고 있다. 실제로 기존 작가에이전시와 저작권에이전시 그리고 일부 출판사까지 중국 웹소설·웹툰의 플랫폼 공급 사업에 앞다퉈 뛰어들어 상시적으로 중국어번역가를 모집하고 있어서 2019년에만 해도 내가 아는 출판번역가 지망생 중에서 세 명이나 웹소설 번역을 시작했다. 중국 웹소설은 한국 웹소설보다 훨씬 분량이 많다. 판타지보다 상대적으로 분량이 적은 로맨스도 한 타이틀이 중국어 100만 자, 즉 종이책 열 권 분량을 상회하기 때문에 번역가가 많이 필요할 수밖에 없다.

중국 웹소설 번역(편의상 웹소설에 한정해 분석해보기로 하자)은 출판번역보다 상대적으로 난이도가 낮아서 번역가 데뷔의 문턱도 낮다. 웹소설이라는 장르가 기본적으로 대화가 많고 섬세한 묘사가 적은 데다가 특정 단어와 표현이 자주 반복되다 보니 그럴 수밖에 없다. 그리고 독자들도 순문학 독자들과 달리 눈이 까다롭지 않다. 독법 자체가 작은 스크린으로 빠르게 페이지를 넘기는 방식이기 때문이다. 그래서 속도감과 간결함이 중국 웹소설 번역의 양대 미덕이라고 할 수 있다.

하지만 중국 웹소설 번역도 나름대로 고충이 있다.

첫째, 양이 많아도 너무나 많다. 기본이 국내 소설 열 권 분량이니 1년 내내 번역해도 한 작품을 다 마치기가 버겁다. 게다가 열 권을 다 번역해놓고 연재를 하는 것이 아니라 앞의 몇 권만 번역한 상태에서 앞의 번역문을 하루 2, 3회씩 업로드하면서 남은 분량을 동시에 번역하니, 조금만 게으름을 피우면 금세 비축분이 다 떨어져 시간에 쫓기게 된다. 웹소설의 1회 분량은 한글 5,000자, A4 용지 6, 7매 정도다. 이 분량을 연재 내내 매일같이 번역해야 한다고 생각해보라. 게다가 고정 독자를 떨어져 나가게 하는 가장 큰 원인은 바로 휴재다. 절대, 무슨 일이 있어도 연재를 빼먹어서는 안 된다.

다음으로 둘째, 중국 웹소설은 문화적 이질성이 도드라지거나(예를 들어 남주가 여주를 때리거나 욕을 퍼붓기도 한다) 개연성이 떨어지는 경우(예를 들어 1권에서 죽은 인물이 작가의 착각으로 5권에서 부활하기도 한다)가 많다. 그리고 뒤로 가면 갈수록 작가의 '늘리기 신공'과 상상력 소진으로 스토리가 산으로 가곤 한다. 이럴 때는 번역가의 순발력과 윤문력이 크게 요구된다. 문제 되는 부분을 삭제하고, 보충하고, 심지어는 작품을 조기 종결시켜야 한다. 이런 일은 편집자가 해야 하지 않느냐고? 번역 발주처인 작가에이전시와 저작권에이전시는 대부분 편집이 약하다. 최소한의 오타 점검만 할 뿐이다. 그래서 번역가 자신이 텍스트를 온전히 다 책임져야 할 때가 많고 또 그래야만 능력을 인정받는다.

마지막으로 셋째, 지금은 중국 웹소설, 웹툰이 한국에 소개, 정착되는 초기인 탓에 아직 히트작이 많지 않다. 그런데도 업체 간 경쟁으로 저작권료는 계속 올라가고 있다. 그래서 일부 업체들은 자격 미달인 아마추어 번역가들을 대거 모집해 초벌 번역을 맡기고 그 원고를 편집하거나, 처음부터 어처구니없이 낮은 번역료로 번역가를 고용하는 식으로 비용 리스크를 줄이려 한다. 처음에 정신 바짝 차리고 번역료 협상을 하지 않으면 제대로 경력을 쌓기도 전에 지쳐서 나가떨어질 수 있다.

하지만 이런 문제점에도 불구하고 중국 웹소설·웹툰 번역은 현재 중국어 번역계에서 유일하게 성장하고 있는 분야로서 위기에 처한 중국어 출판번역이 미래에 어떤 길을 걷게 될지 힌트를 줄 수 있다고 생각한다. 구체적인 시점이 언제가 될지는 모르겠지만 종이책이라는 매체는 한계를 맞을 것이다. 그렇다면 종이책을 기반으로 한 출판번역도 새로운 매체를 보금자리로 삼아 옮겨 가야만 한다. '배경 지식과 섬세한 뉘앙스'가 번역가의 숙련된 문체를 매개로 발현되는 '출판번역식' 고급 번역 은 미래에 수요가 대폭 줄어들지언정 완전히 사라질 것 이라고는 보지 않는다. 문체의 음미를 읽기의 목적으로 두는 고급 독자가 사라질 리 없기 때문이다. 따라서 미 래의 출판번역은 종이책이 사라져도 단지 매체를 갈아 타며 계속 생존할 것인데, 그 매체는 현재로서는 웹 외 에는 상상하기 힘들며 웹소설 번역은 출판번역이 자신 의 미래를 예측하기 위해 잘 관찰해야 할 시금석에 해 당한다. 장르소설이 종이를 벗어나 웹에서 웹소설로 자 리 잡은 것처럼 순문학도 사회과학도 심지어 역사와 철 학도 새로운 글쓰기 방식과 매체의 혁신으로 웹상에 성 공적으로 안착하기를 바란다. 그럴 수만 있다면 중국어 출판번역을 비롯한 모든 출판번역도 온전히 수명을 연 장할 수 있을 것이다.

2부

기획 이야기

기획은 출판번역가에게 자유를 준다. 다른 사람의 눈에 출판번역가는 프리랜서로서 어디에도 얽매이지 않는, 근본적으로 자유로운 존재로 보일 수도 있지만 꼭 그렇지는 않다. 그는 자기 마음에 드는 책을 번역할 때만 자유롭다. 단지 돈이나 관계 때문에 자기 성향에도 안 맞는 엉뚱한 책을 번역하게 되면 그것만큼 괴롭고 성가신 일이 없다. 그래서 기획을 해야 한다. 좋아하는 책이 눈에 띄면 성실히 기획서를 쓰고 적합한 출판사를 골라 출간을 성사시키고 직접 번역을 맡자. 그렇게 번역의 자유를 만끽해보기로 하자.

기획은 융통성 있게:
기획서 쓰기의 ABC

일반적으로 외서 기획서의 기본 틀은 아래와 같다.

1. 원서 이름과 출판사, 간행 연도

2. 예상 원고량

3. 저자 소개: 약력 외에 지명도를 강조

4. 내용 소개: 책의 주제와 핵심 콘셉트 제시

5. 현지 반응: 판매 부수나 베스트셀러 순위, 그리고 특징적인 매체 보도와 독자 서평

6. 기획자 코멘트: 책의 내용에 대한 평가, 책의 타깃 독자, 현재 한국에서의 동종 도서 판매 현황 등을 언급하되 마케팅 포인트를 제시하는 것이 가장 중요하다.

7. 샘플 번역: 책의 특징과 재미가 가장 잘 나타난 부분을 골라 A4 3~5쪽 분량을 번역

우선 기획서에는 되도록 중국어는 노출시키지 않기를 권한다. 원서와 작가의 이름, 다른 중요한 고유 명사 등 한자를 꼭 병기해야 하는 경우를 제외하고 말이다. 한자도 번체자를 써야지 간체자를 쓰면 안 된다. 기획서는 대학 리포트가 아니다. 결국 볼 사람은 출판사 사람이며 그들 중 중국어를 읽고 이해하는 사람은 거의 없다고 봐야 한다. 그런 이들에게 중국어가 잔뜩 들어간 기획서를 보여주는 것은 잘난 체하는 것일 뿐, 일에는 아무 도움이 안 된다.

위의 2번 '예상 원고량'은 원서 페이지 수가 아니라 '원고지 매수'를 뜻한다. 200자 원고지 매수로 텍스트의 양을 계산하는 관습은 오직 출판계에만 아직 남아 있다. 아마도 10년 뒤에는 웹소설계처럼 글자 수로 계산하게 되지 않을까 싶다. 그런데 혹시 중국 책의 판권 페이지에 보통 적혀 있는 중국어 글자 수를 예상 원고량으로 삼아도 되지 않느냐는 질문이 있을 수도 있다. 한마디로, 안 된다. 그것은 한국어 글자 수가 아니라 중국

어 글자 수일뿐더러 또 실제 글자 수도 아니기 때문이다. 중국 책 판권 페이지의 글자 수는 이른바 '판면(版面) 글자 수'이다. 즉, 그 책의 판형과 페이지 수로 최대한 담아낼 수 있는 글자 수를 말한다. 절대 실제 글자 수로 오해하면 안 된다. 그러면 중국 출판사들은 왜 그렇게 글자 수를 뻥튀기하는 것일까? 중국 독자들이 여전히 책의 분량, 즉 정보량의 많고 적음을 중시하기 때문인 듯하다. 글자 수가 많다고, 책이 두껍다고 좋은 책은 아닌데도 말이다. 한편 기획서에 적힌 예상 원고량은 단순히 기본 정보에 속하는 듯하지만 의외로 국내 출판사의 판단에 크게 영향을 끼친다. 원고량이 많을수록 번역비, 외주 편집비, 인쇄비가 상승하니 그럴 수밖에 없다. 중국 책은 한국 책에 비해 분량이 월등히 많아 늘 골치가 아프다. 원고지 1,000매 이하여야 딱 좋은데 그런 책은 타이완 도서뿐이다. 대부분 1,500~2,000매이니 국내 출판사는 비용 문제를 고려하지 않을 수 없다.

3번 저자 소개에서는 원서에 적힌 저자 약력을 간단히 번역해 놓으면 되지 않을까. 그렇지 않다. 원서의 저자 약력은 그 나라 사람을 위해 적은 것이지 우리나라 사람을 위해 적은 것이 아니기 때문이다. 만약 그 저자가 유명 저자라면 우리가 보기에 유의미한 정보를 인터넷에서 더 검색해 부가하는 것이 좋다. 만약 입지전적인 삶을 살아왔거나 최근 중국에서 큰 화제를 부른 사건과 관련이 있다면 꼭 써넣자. 출판사든 독자든 '스토리'를 좋아한다. 저자든 책이든 흥미로운 스토리가 있어야 독서와 판매에 다 유리하다.

다음으로 4번 내용 소개는 중국 인터넷서점에 게재된 '편집자 추천의 말', '내용 소개', 매체 보도 그리고 본인이 해당 도서에서 파악한 내용을 종합하여 해당 도서의 주제와 콘셉트를 A4 반 페이지 정도로 압축해서 제시하면 된다. 책 전체를 완벽하게 조명하려는 욕심으로 줄줄이 장황하게 설명하는 것은 오히려 패착이 되기 쉽다. 출판사에서 내 기획서를 오랫동안 꼼꼼히 읽어줄 것이라고 기대하는 것은 무리다. 내 기획서는 출판사에 매일 무수히 날아드는 기획서, 검토서, 제안서, 샘플 원고 중 하나일 뿐이다. 긴 설명보다는, 눈길을 확 잡아끄는 몇 가지 포인트 중심의 요약문이 더 유리하다.

5번 현지 반응을 작성하려면 중국 웹사이트를 부지런히 돌아다녀야 한다. 우리나라와 마찬가지로 중국도 밀리언셀러가 아니면 특정 도서의 판매 부수를 알기 힘들며 베스트셀러 순위는 중국 대표 인터넷서점 당당닷컴(當當網)에 최근 5년간의 베스트셀러 순위가 분야별로 잘 정리되어 있으므로 참고하면 된다. 그리고 해당 도서에 대한 매체 보도는 중국의 포털사이트 바이두에서 검색되는 게 있으면 다행이지만, 없다면 독자 서평만 서너 개를 잘 골라 번역한다. 하지만 당당닷컴의 독자 서평은 베스트셀러마다 1만 개, 10만 개가 넘어도 건질 만한 게 별로 없다. 서평을 올려야 마일리지를 받는 시스템이어서 "빨리 왔어요!", "책이 예뻐요!"처럼 형식적인 한 줄 서평이 대부분이다. 그러므로 역시 서평 전문 사이트, 더우반(豆瓣)에 가서 뒤져야만 전문 독자가 쓴 날카로운 서평을 구할 수 있다.

이어서 6번 기획자 코멘트에서 가장 주의해야 할 점은 역시 '마케팅 포인트'의 제시다. 이는 한 마디로 기획서를 읽는 출판사 담당자로 하여금 "그래, 이 책은 이렇게 포장해서 내면 되겠어!"라는 확신을 줄 수 있게 하는 것이다. 예를 들어 찬쉐(殘雪)라는 중국 여성 작가의 『신세기의 사랑 이야기』라는 소설을 기획한다고 치자. 스토리와 타깃 독자에 대한 설명으로는 담당자의 마음을 사로잡을 수 없다. 세상에는 기발한 스토리가 이미 넘치고 중국소설의 타깃 독자는 어차피 아주 제한적이기 때문이다. 따라서 동종 도서의 판매 현황도 언급하기가 계면쩍다. 하지만 "찬쉐는 이 작품으로 2019년 맨부커상 후보가 되었으며 노벨문학상 후보로 거론되었다. 그녀는 현재 구미와 일본에서 가장 많은 독자를 확보하고 있는 중국 현대 작가다."라고 쓴다면? 아마 담당자는 순간적으로 눈빛이 반짝일 것이다. 어느 정도 훌륭한 마케팅 포인트가 될 수 있는 정보이고, 또 이 책을 발간한 뒤 혹시나 찬쉐가 정말로 맨부커상을 받는다면 판매 부수가 껑충 뛸 수도 있지 않은가. 이처럼 마케팅 포인트를 잡는 것은 기획서 작성의 핵심 중의 핵심으로서 출판사의 마음을 움직이는 결정적인 요소다.

마케팅 포인트는 기획서의 전체 구조를 좌우하기도 한다. 마케팅 포인트가 무엇이냐에 따라 기획서에서 강조되는 부분이 달라진다. 위의 『신세기의 사랑 이야기』는 당연히 저자 소개를 강화해야 한다. 미국, 프랑스, 일본에서 찬쉐의 소설이 얼마나 많이 출간되고 두터운 마니아층이 형성되어 있는지 강조하여 그녀의 국제적인 인지도를 알려야 한다. 또한 '홍콩-마카오-광둥 지역'(粤港澳大灣區) 신개발 정책에 관한 사회과학서를 기획한다면 내용 소개와 기획자 코멘트에서 이 정책이 2020년 중국 공산당의 핵심 정책이며 향후 중국 경제의 큰 방향을 결정지을 것이라고 논리적으로 설명하는 것이 좋다. 당연히 이 주제로 아직까지 국내에 출간된 책이 없다는 점도 지적해야 한다. 마지막으로 저자도 안 유명하고 중국 내 판매 성적도 그저 그랬던 에세이집이라면? 최대한 내용과 문체의 개성을 부각시켜 보여줄 수밖에 없다. 그러려면 역시 샘플 번역에 총력을 기울여야 한다. 이처럼 기획서는 책의 성격과 마케팅 포인트에 따라 융통성 있게 작성해야 한다. 기본 형식에 따라 각 부분에 일정량을 채워 넣는 식으로 기획서를 작성하면 절대 출판사의 관심을 끌 수 없다.

마지막으로 기획서에서 가장 많은 분량을 차지하는 샘플 번역은 그 기획이 출판사에서 통과되어 출간이 결정된 뒤, 기획자가 번역가도 될 수 있는지를 결정한다. 기획자가 원하면 해당 도서의 번역은 그에게 맡기는 것이 국내 외서 출판의 통례이긴 하지만, 출판사가 책만 마음에 들고 샘플 번역은 마음에 안 든다면 상황이 달라질 수 있다. 다시 말해 기획자는 소정의 기획료만 받고 다른 사람에게 번역의 권리를 넘겨야 한다. 이런 일이 생기면 기획자인 출판번역가나 출판사나 모두 난감하기 그지없다. 번역가는 심혈을 기울여 책을 고르고 기획서를 써서 출간까지 이끌어냈는데 번역을 못 하게 됐으니 얼마나 억울할 것인가. 그래도 출판사는 나름대로 큰 투자를 해서 책을 내야만 하므로 못 믿을 사람에게 번역을 맡길 수는 없다. 외서 출판에서 가장 중요한 것은 어쨌든 번역의 퀄리티이기 때문이다. 따라서 출판번역가는 샘플 번역을 허투루 해서는 안 된다. 마지막까지 세심하게 살피며 교정을 마무리지어야 한다.

출판사에도 캐릭터가 있다: 『서점의 온도』와 『미래의 서점』

2019년 봄, 나는 어느 날 무심코 중국 인터넷서점 당당 닷컴에 들어갔다가 엉뚱한 생각이 들었다.

'요즘 우리나라에 서점 관련 책이 많이 나오는데 혹시 중국에도 그런 책이 있을까?'

당장 '서점'을 검색어로 넣고 엔터키를 쳤다. 주르르 관련 도서가 펼쳐지기는 했는데 대부분 기대에 못 미쳤다. 서점 경영에 관한 책들이 많았지만 내 관심 분야가 아니었고 중국과 세계의 주요 서점을 소개하는 책들은 한국에도 비슷한 콘셉트의 책이 많으므로 성에 안 찼다. 기획자의 눈에 드는 책은 당연히 새롭고 신선한 콘셉트를 가진, 자국 출판시장에서는 찾아볼 수 없는 종류의 책이다.

그때 웹페이지 맨 아래쪽의 책 한 권이 시야에 들어왔다. 그 위치에 있다는 것은 판매량이 보잘것없다는 것을 뜻했다. 보아하니 출간된 지 1년도 안 된 신간인데도 그랬다. 서평 숫자도 겨우 100여 개밖에 안 됐다. 중국의 베스트셀러는 서평이 10만 개도 훌쩍 넘곤 하니 그 정도면 거의 주목받지 못한 책인 게 분명했다. 하지만 그 책은 중국 독자들에게는 주목받지 못했어도 내게는 주목을 받을 만했다. 우선 제목이 매력적이었다.

'『서점의 온도』라니! 대체 무슨 내용이기에……'

당장 그 책의 소개 글을 훑어보았다.

본서는 광저우(廣州)의 24시간 서점 1200북숍의 특이한 손님과 직원 14명의 이야기를 기록했다. 그들의 나이는 10여 세부터 60여 세까지 다양하다. 그중에는 집안 사정 때문에 가출해 서점에서 반년을 지낸 아이도 있고, 사업에 실패해 15년간 전국을 떠돌다가 서점에서 2년을 지낸 아저씨도 있고, 밤새 책을 읽으며 서양 언어의 개혁을 꿈꾸는 노인도 있고, 서점 내 카페에서 일하는 청각장애 여직원도 있고, 불면증으로 매일 밤을 새우지만 서점에만 오면 마음이 편안해지는 아주머니도 있다. 이들의 이야기는 다른 서점과는 다른, 이 24시간 서점의 정신을 보여준다. 낮에는 장사를 하고 밤에는 온정을 베풀며 나이, 신분, 지위를 따지지 않고 그들에게 머물 장소를 제공하면서 또 그들과 평등하게 소통하고자 한다. 그들의 이야기는 광저우라는 도시의 한 측면을 보여주기도 한다.

내용은 더 매력적이었다. 광저우 1200북숍의 사장 류얼시(劉二囍)가 직접 쓴 이 에세이는 서점에 관한 에세이인 동시에 사람과 도시에 관한 에세이였다. 아직까지 한국에는 이와 비슷한 종류의 서점 관련 도서가 있을 것 같지 않았다.

나는 잠시 생각에 잠겼다. 이 책을 한국에 소개하고 싶었다. 그러면 어느 출판사에 소개해야 할까? 대형출판사는 맞지 않았다. 대형출판사는 그 규모를 유지하기 위해 대체로 판매 포인트가 확실한 책을 원한다. 작가의 인지도, 소재의 파급력, 현지 반응이 모두 어느 정도는 일정 수준 이상이어야 한다. 그러나 『서점의 온도』는 어느 것도 일정 수준에 미치지 못했다.

나는 곧 마음의 결정을 내리고 페이스북 메신저로 유

유출판사 조성웅 대표에게 말을 걸어 『서점의 온도』에 관해 간략히 설명했다.

 "우리는 공부법, 글쓰기, 서점 등이 주요 출판 방향이니까 관련 도서에는 항상 관심이 있어요. 그 책이 중국에서 잘 안 팔렸어도 괜찮고요. 중국에서 잘 팔렸다고 한국에서 잘 팔리는 것도 아니니까. 아무튼 기획서 써서 한번 보여주세요. 재미만 있으면 낼 테니까요."

 그렇다. 유유출판사는 글쓰기, 공부법, 서점이라면 시쳇말로 "사족을 못 쓰는" 출판사다. 그리고 "중국에서 잘 팔렸다고 한국에서 잘 팔리는 것도 아니다"라는 말도 주옥같았다. 중국에서 1천만 부가 팔린 『늑대토템』도 한국에서는 손익분기점조차 넘지 못했으니까.

 마침 『서점의 온도』를 낸 광저우 화청출판사는 내가 잘 아는 출판사였다. 저작권 담당자에게 연락해 PDF 샘플을 보내달라고 했다. 그런데 다음날 즉시 샘플도 아니고 전문을 보내주었다. 나는 잠시 PDF를 훑어보고 재미를 확신했다. 생각해보라. 24시간 서점에서 매일 밤을 새우는 사람들의 사연이 구구절절하지 않을 수 있겠는가. 또 그런 서점을 운영하는 사장의 캐릭터가 유별나지 않을 리도 없다.

나는 틀에 박힌 기획서를 작성하기보다는 좀 더 직접적인 방식으로 조 대표가 원하는 '재미'를 증명하기로 결심했다. 내가 보기에 가장 이야기가 극적인 첫 번째 챕터, '서점의 아이'를 통째로 번역하면서 분량을 나눠 페이스북에 연재했다. 그리고 각 연재 포스팅마다 조 대표를 태그하여 페친들의 반응을 확인하게 했다.

'서점의 아이'의 주인공인 양둥은 시골에서 친부와 양모를 따라 광저우에 왔다가 바쁜 부모의 무관심 때문에 가출하여 서점에서 숙식을 해결하는 아이였다. 눈치가 빠르고 외모도 귀여워서 직원들과 손님들의 사랑을 독차지했지만 거친 거리의 생활을 유지하느라 좀도둑질 같은 사고도 저지르곤 했다. 그래서 화자인 류얼시는 양둥을 혼내기도 하고 품기도 하면서 바른길로 인도하려 하지만, 매체를 통해 사연이 알려지는 바람에 양둥은 자기를 찾아온 아버지에 의해 다시 시골로 보내진다. 24시간 서점이라는 특수한 공간에서 벌어지는 이 에피소드는 제법 페친들의 호응을 얻었고 조 대표는 이를 확인하고서 결국 출간 결정을 내렸다. 『서점의 온도』한국어판은 바로 이런 과정을 통해 2019년 9월 출판되어 한국의 독자들과 만났다.

서점이라면 '사족을 못 쓰는' 유유출판사의 캐릭터는 여기에서 그치지 않았다. 2019년 8월 말 베이징국제도서전에 다녀온 뒤, 나는 눈에 띄는 책들의 사진을 페이스북 메신저로 조성웅 대표에게 보내주었다. 사실 그때는 기대가 '1도' 없었다. 번역도 바빠 죽겠는데 괜히 기획하라는 소리를 들을까봐 일부러 책을 안 사왔는데, 그래도 기획자로서 체면치레는 해야겠다 싶어 사진만 살짝 보여준 것이었다. 그런데 조 대표의 서점 사랑은 대단했다.

"어, 이거 뭐야? 형, 이게 무슨 책이에요?"

뭐긴 뭐야,『미래의 서점』이지. 나는 속으로 한숨을 쉬며(괜히 보여줬어!) 인민동방출판사에서 나온 그 책에 관해 간단히 설명했다. 중국의 유명 잡지에서 연재한 '미래 산업 전망 시리즈' 중 서점업 파트를 따로 단행본으로 만든 책으로서 중국, 일본, 미국, 영국 등 세계 서점 업계에서 벌어지는 새로운 현상을 여러 저자들이 현지 취재를 통해 총망라했고 본래 잡지 콘텐츠인 만큼 사진과 통계 자료가 매우 충실했다.

"이 책, 관심 있어요. 기획서 좀 써주세요."

결국『미래의 서점』도 유유출판사의 품에 안겼다. 이

책은 2020년 7월에 출간되었다.

출판번역가는 좋은 책을 발견해 기획서를 쓸 때는 반드시 그 책과 캐릭터가 맞는 출판사를 머릿속에 그려봐야 한다. 나는 서점 책만 보면 유유출판사가 생각나고 중국소설을 기획할 때는 글항아리를 맨 먼저 떠올린다. 그리고 도서관에만 꽂힐, 대학원생과 학자들만 읽을 학술서가 눈에 띄면 먼저 국학자료원에 연락할 마음을 품는다. 출판사마다 각기 캐릭터가 있고 그 캐릭터를 정조준해 기획을 해야 성공할 확률이 높다.

출판사와 친하면 편하다: 『책물고기』

2016년 8월 말, 나는 글항아리 강성민 대표와 함께 '중국문화번역연구네트워크'(中國文化譯研網)라는 중국 관영 문화단체의 초청을 받아 7박 8일간 그 단체가 베이징에서 진행한 세미나프로그램에 참여했다. 그 프로그램은 전 세계 중국 도서 출판 관련 번역가와 출판인 100여 명을 한데 모아 정보의 교류를 촉진하는 자리였다. 숙식과 항공료를 모두 주최 측에서 부담하는 행사였기에 사양할 이유가 없었다. 다만 강 대표가 비행기 공포증이 있어서 베이징까지 가기가 지난했다. 인천에서 배를 타고 칭다오에서 내려 고속철도를 타고 베이징의 행사장에 도착하기까지 무려 27시간이 소요되었다. 그것도 푹

푹 찌는 8월의 혹염 속에서 말이다.

프랑스, 브라질, 알바니아, 필리핀 등 세계 각지에서 온 출판인, 번역가들과 함께 우리는 매일 다양한 심포지엄에 참여하고 주요 출판사를 방문했다. 나는 반갑고 신기했지만 강 대표는 꽤 무료한 눈치였다. 중국어를 전혀 모르니 당연한 일이었다. 귀국하면 꼭 중국어를 배우겠다고 거듭 맹세했다(지켜지지 않았다). 그러다가 어느 날 외국어교육연구출판사 견학 일정이 있었다. 그때 외국어교육연구출판사는 자신들의 대표 도서를 소개하는 자리를 기획했고 나는 그 자리에서 처음으로 '왕웨이렌'(王威廉)이라는 이름을 접했다. 그는 『중국 바링허우(80後) 단편집』의 표제작, 「소금이 자라는 소리를 듣다」의 작가였다.

사실 그때 나는 왕웨이렌이라는 작가의 존재에 대해 그닥 관심이 없었고 기대도 없었다. 이른바 중국의 '바링허우 작가', 즉 '1980년대 생 작가들'에 대한 인상이 별로 안 좋았기 때문이다. 그때까지 한국에 소개된 중국 1980년대 작가들로는 궈징밍(郭敬明), 한한(韓寒), 장웨란, 디안(笛安) 등이 있었지만 모두 장르소설이나 성장소설에 치우친 대중작가여서 나로서는 순문학적 역량을

느끼지 못했다. 하지만 「소금이 자라는 소리를 듣다」라
는 제목의 매력만은 인정할 수밖에 없었다. 이 제목이
뜻하는 바는 무엇일까? 어떤 스토리이기에 이런 제목
을 지은 것일까? 나는 계속 신경이 쓰였다. 그래서 며칠
뒤, 우연한 기회에 역시 「소금이 자라는 소리를 듣다」가
표제작인 왕웨이롄의 중단편집을 따로 구해 호텔 방에
서 뒹굴며 읽기 시작했다. 그것은 순전히 개인적 호기
심에 기인한 독서였다. 기획 의도는 전혀 없었다. 장편
소설 중심의 한국 문학도서 시장에 생경한 중국 작가의
중단편집을 소개할 수도 있다는 생각은 전혀 못 해봤기
때문이다. 그래서 몇 페이지 읽다가 재미가 없으면 미
련 없이 책장을 덮어버릴 생각이었다.

그런데 뜻밖에도 나는 「소금이 자라는 소리를 듣다」
의 신비로운 분위기에 빠져들었다. 중국 서북부의 광대
한 소금호수를 배경으로 외부로부터 격리된 외로움과
동료를 사고로 죽게 만든 상처 때문에 신음하는 주인공
의 이야기가 뭐라 말할 수 없이 미묘했다. 나는 곧바로
다음 단편인 「책물고기」로 넘어갔다. 책을 읽는 자세도
사뭇 진지해져, 어느새 누워 있던 몸을 일으켜 의자에
앉아 등받이에 등을 바짝 붙였고 책도 탁자 위에 반듯

하게 놓았다. 「책물고기」는 「소금이 자라는 소리를 듣다」와는 또 딴판으로 스타일이 기발하고 유머러스했다. 나는 참을 수가 없어 계속 키득키득 웃었다.

그때 내 옆에는 우연히도 강 대표가 앉아 있었다. 혼자 있기 심심해서 내 방으로 건너와 있었던 것이다. 그는 내가 왜 웃는지 몹시 궁금해했다.

"뭐예요, 혼자만 웃지 말고 뭔지 얘기 좀 해줘요."

나는 아쉬워하며 책을 한쪽에 밀어놓고 그에게 방금 읽은 두 단편의 스토리를 찬찬히 얘기해주었다. 강 대표는 웬일인지 (평소 인내심이 부족한데도) 온 정신을 집중해 내 이야기를 끝까지 다 들었고 갑자기 "심봤다!" 같은 말투로 "우리 이 책 냅시다!"라고 소리쳤다.

그렇다. 2018년 글항아리에서 출간된 왕웨이롄의 중단편집 『책물고기』는 본래 이처럼 번갯불에 콩 구워 먹듯 후다닥 출간이 결정되었다. 사실 이런 식으로 외서 출간이 결정되는 경우는 극히 드물다. 보통은 "기획자나 에이전시의 소개→출판사의 검토 의뢰→번역가의 검토와 검토서 작성→검토서를 바탕으로 한 출판사의 회의"라는 프로세스를 거쳐 결정되기 마련이다. 하지만 글항아리 강 대표는 본래 문학 전공자이고 나름대로 본인의 감을 믿는 편인 데다 중국문학 기획자인 내 감식 안에 대한 신뢰가 있어(나는 그렇게 믿는다) 그렇게 쉽게 단안을 내린 것이다. 게다가 그 당시 나와 열흘 가까이 함께 붙어 있으면서 향후 글항아리의 중국소설 시리즈 발간에 대해 계속 의견을 나눴기 때문에 결정하기가 더 쉬웠다고 본다.

이후 나는 한국에 돌아오자마자 그 중단편집을 낸 화청출판사에 저작권 오퍼를 넣었고 저작권 담당 편집자는 반색을 하며 매우 좋은 조건으로 계약에 동의해주었다. 저작권 판매가를 계약금도 없이 초판 인쇄 부수 1,100부(실제로는 2천 부를 찍었다)의 정가 7%로 양보해준 것이다. 그러면 실질적인 판매가는 100만 원 남짓이어서 통상적인 중국소설 저작권 판매가인 2천 달러의 절반에도 못 미쳤다! 이 계약 과정은 모두 합쳐 2주도 채 안 걸렸다. 저작권 계약 논의에서 가장 예민한 부분이 선인세(계약금)와 인세율인데 이 부분에서 화청출판사가 줄다리기를 하지 않고 먼저 파격적인 양보를 해준 덕분이었다.

모든 인간에게 운명이 있듯이 한 권의 책에도 마찬가지로 나름의 운명이 있다. 왕웨이렌의 중단편집 『소금이 자라는 소리를 듣다』는 이렇게 우연과 필연이 교차하는 어느 한 지점에서 운명적으로 한국어판으로서의 새 생명을 부여받았다. 그리고 이는 강 대표와 나의 친분에 힘입은 바 컸다. 출판사와 친하면, 그것도 출판사 대표와 친하면 기획자는 여러모로 편하다. 번거롭게 기획서를 쓰고 출판사를 설득하지 않아도 책만 좋으면 쉽게 기획이 통과된다. 요즘에도 가끔 강 대표는 내가 좋은 책이 있다고만 하면 툭, 던지듯 말하곤 한다.

"그래요? 그럼 거기 앉아서 썰 좀 풀어봐요."

헌 술은 새 부대에:『장자 100문장』

한국 독자들에게 가장 매력적인 중국 도서는 줄곧 고전이었다. 십 년 전만 해도 고전과 고대사 관련 중국 해설서와 처세서가 서점에서 크게 사랑을 받았다. 하지만 그사이 독서의 호흡과 트렌드가 달라지면서 그런 중국 책들은 고리타분하거나 분량이 너무 많다는 이유로 외면을 받고 있다. 매년 중국에 가서 서점에 들르면 여전히 고전 관련 서적이 헤아릴 수 없이 많지만 나도 그냥 본체만체한 지 이미 오래다. 한국어로 번역하고 나면 대부분 원고지 2, 3천 매에 달하고 내용에서도 혜안과 통찰이 엿보이는 예가 별로 없어 아예 손댈 생각조차 않는다.

하지만 2018년 베이징국제도서전 역림(譯林)출판사 부스에서 발견한 『노자 100문장』과 『장자 100문장』은 달랐다. 판형이 손에 쏙 들어올 정도로 작고 페이지 수도 300쪽이 안 됐으며 무엇보다 꼭지별 글밥이 많아봤자 원고지 7, 8매 전후여서 독서 호흡이 짧은 사람도 쉽게 읽을 듯했다. 그리고 하얀 양장 표지도 눈에 띄었다. 다른 고전 관련 도서들과 다르게 말끔하고 고급스러웠다.

"이 책에 관심이 있으세요?"

구면인 역림출판사 저작권 담당자가 다가와 상냥하게 물었다.

"이 책, 굉장히 잘 만들었네요. 나온 지 얼마 안 됐나 본데요?"

"네, 두 달 전에 나왔어요. 젊은 독자들을 겨냥해 특별히 기획한 책이에요."

"젊은 독자들을 겨냥했다고요?"

그녀는 눈썹을 살짝 찡그리며 답했다.

"네. 요즘 중국 젊은이들도 어렵다고 고전을 안 읽으려 하니까요. 가독성을 높이려고 책을 작게 만들었고 내용도 가벼운 에세이풍이에요."

'그러면야 나는 고맙지.'

그런데 책날개를 펴보니 『노자 100문장』, 『장자 100
문장』 외에 다른 고전도 출간 예정인 듯했다. 눈치를 채
고 담당자가 말했다.

"『논어』, 『맹자』, 『시경과 이소』도 나올 거예요. 하지
만 그것들은 '100문장' 형태는 아니에요. 그냥 '선편'(選
編)이에요."

'선편'이라면 일반적인 해설집하고 크게 다르지 않을
듯했다. 『시경과 이소』는 어차피 한국에 독자가 없으니
그렇다 쳐도 『논어』와 『맹자』는 같은 '100문장' 형식으
로 나오지 않는다는 게 많이 아쉬웠다. 『논어』, 『맹자』,
『노자』, 『장자』를 한꺼번에 '중국 고전 100문장 시리즈'
로 수입해 출간할 수 있으면 좋을 텐데.

나는 귀국 후 M출판사에 연락해 『노자 100문장』과
『장자 100문장』에 관심이 있는지 물어봤다. 며칠 뒤, M
출판사는 간단히 시장 조사를 마치고 답변을 주었다.

"『노자』는 너무 심오해서인지 서점에서 잘 안 팔리더
라고요. 『장자 100문장』만 기획해주세요."

나는 신중하게 기획서를 작성하기 시작했다. 우선
『장자 100문장』이 겨우 원고지 600~700매에 불과해서

독서의 부담이 적다는 것을 강조했고 저자가 중국의 명문 푸단대학교 중문과 교수여서 기본적으로 내용도 충실하다고 적었다. 하지만 관건은 역시 샘플 번역이었다. 짧은 꼭지 하나를 골라 깐깐하게 번역했다.

물은 배를 띄우지만 뒤집을 수도 있다

물이 많이 고이지 않으면 큰 배를 띄울 수 없다. 한 잔의 물을 움푹 파인 곳에 부으면 풀잎을 놓아 배로 삼을 수 있다. 하지만 잔을 놓으면 바닥에 붙어버린다. 물은 얕은데 배는 크기 때문이다.

(水之積也不厚, 則其負大舟也無力. 覆杯水于坳堂之上, 則芥爲之舟. 置杯焉則膠, 水淺而舟大也.)

–「소요유逍遙遊」

주석:

坳堂: 움푹 패인 곳.

膠: 바닥에 붙다.

해설:

많은 축적이 있어야만 붕새가 날개를 펴고 구만 리 위로 솟

아오르듯 비약할 수 있다. 인생의 성취는 대부분 수많은 노력 내지는 시련이 있은 뒤에 얻어진다. 길에서 금덩이를 줍는 것 같은 우연한 행운조차 적어도 우리가 집 밖을 나가야만 만날 수 있다.

세상일은 좋은 것과 나쁜 것이 함께 오게 마련이다. 붕새가 머나먼 창공을 나는 것은 언제나 사람들에게 자유의 상징이다. 하지만 사실 바람에 의지해 날아가야 하므로 역시 한계나 부자유일 수도 있지 않을까? 『제해』에서는 붕새가 "유월의 큰 바람을 타고 날아간다."고 했다. 붕새는 유월에 큰 바람이 불어야만 그것에 의지해 날아갈 수 있으니 이것은 자유로운 것일까, 부자유한 것일까? 칠월칠석에 오작교에서 만나는 견우와 직녀에게 물어보는 것이 좋을 것이다. 그들의 상봉도 일년에 한 번이니까.

이 정도 내용과 분량이면 일반 독자도 별 어려움 없이 읽을 수 있지 않을까 싶었다. 마지막으로 기획자 코멘트는 아래와 같이 적었다.

『장자』는 중국 철학을 대표하는 동시에 풍부한 우화로 문학성까지 높은 명저이지만 내편, 외편, 잡편으로 이뤄진 방대한 분량과 심오한 내용으로 인해 우리 독자들의 손길이 닿기가 어려운 면이 있다. 따라서 대중 독자들을 위해 핵심적인 문단을 뽑고 갈무리해 참신한 해설을 첨가한 '명구집'이 필요한 시점인데 마침 이『장자 100문장』이 적합한 책이라고 본다. 게다가 해설도 장광설을 피해 딱 한두 페이지 정도로 간명하고 현대적인 관점도 가미하고 있어 안성맞춤이다. 이『장자 100문장』을 내서 독자 반응이 좋으면『노자 100문장』도 내서 소프트한 중국 고전 시리즈로 키워나가는 것이 좋을 듯하다.『논어』와『맹자』도 잘 찾아보면 다른 중국 출판사의 것으로 비슷한 콘셉트의 책이 존재할 가능성이 있다.

샘플 번역이 마음에 들었는지 M출판사는 선뜻『장자 100문장』의 출판을 결정했다. 한물간 중국 고전도 새로운 형식으로 꾸며지면 출판사의 선택을 받을 수 있음이 증명된 것이다. 한 마디로 헌 술도 새 부대에 담기면 통할 수 있다. 며칠 뒤 나는 시리즈에 넣을 만한『논어 100문장』도 다른 중국 출판사의 출간 리스트에서 찾아냈다. 하지만 그 사실을 M출판사에 통보해줄 기회는 없었다. 그사이, M출판사와 일처리 문제로 다소 마찰이 생겼기 때문이다. 나는 저작권 거래만 성사시켜주고 깨끗

이 손을 뗐다. 당연히 번역도 맡지 않았다. 느낌이 안 좋은 협업 상대와는 빨리 갈라서는 편이 좋다. 안 그러면 두고두고 스트레스를 받게 된다.

사회 이슈를 노려라:
『중국제국 쇠망사』와 리인허 에세이

2008년은 세계 금융위기가 일어난 해였다. 한 해 내내 경제적 파국에 대한 공포가 사회 전체를 불안하게 했고 정치적으로도 행정수도 이전에 관한 논쟁이 계속 신문 지면을 뜨겁게 달궜다. 당시 나는 이런 사회 이슈와 관련된 중국 도서가 없을까 싶어 당당닷컴을 샅샅이 뒤졌다. 그 결과, 어렵사리 찾아낸 책이 『중국제국 쇠망사』였다. 이 책의 원서 제목은 "멀리 제국의 수도를 보며 눈물을 뿌리다"이다. 진나라, 서한, 동한, 당나라, 북송, 남송, 원나라, 명나라, 이 8개 왕조의 멸망에 얽힌 역사를 '수도'라는 모티프를 씨줄로 삼아 맵시 있게 이어놓은 대중 역사서였다. 각 왕조의 마지막 무대가 된 함양, 장

안, 낙양, 항주, 임안, 북경을 전면에 부각시키면서 당시의 권력 투쟁과 그 문제점을 담아냈다.

나는 이 책이 당시 한국의 사회 이슈와 관련해 내가 생각하던 두 가지 키워드, 즉 '파국'과 '수도'에 정확히 들어맞는다고 판단해 기획서를 마련했다. 그리고 기획서의 마지막 코멘트에서 아래와 같이 밝혔다.

본 기획자는 이 책이 지금의 혼란한 국내, 국제 정세에서 역사를 통해 교훈을 찾으려는 역사 독자들의 눈길을 끌 수 있으리라고 본다. 이 책이 '흥성'과 '건국'의 역사가 아니라 '쇠락'과 '멸망'의 역사이기에 더 그렇다. 많은 독자들이 이 책을 일종의 반면교사로 삼고자 하는 충동을 느끼고 실제로 그 욕구를 만족시킬 수 있으리라 본다.

다행히 이 기획서는 웅진지식하우스에 받아들여졌다. 바빴던 시기여서 직접 번역을 맡지 않아 출간 후 판매 성적이 어땠는지는 잘 모르지만 손해는 보지 않은 듯하다. 사실 출판 기획에서 어둡고 부정적인 주제는 가능한 한 피해야 한다. 일반 독자들은 보통 위안과 새로운 모색이 필요할 때 책을 찾기 때문에 '다크한' 책은 절대 베스트셀러가 될 수 없다. 이것은 뛰어난 기획자였던 김영사 박은주 사장의 평소 지론이기도 했다. 하지만 베스트셀러를 못 만들더라도 나는 일부러 밝은 주제의 책만 찾고 싶지는 않다. 책이, 지식이 사람들로 하여금 세상을 밝게 보게 하는 데만 기여해서야 되겠는가.

국내 사회 이슈에 대한 주목에서 출발해 기획한 또 한 권의 책은 2018년에 기획한 리인허(李銀河)의 에세이, 『마음에 앉은 먼지를 살며시 불다』이다. 그리고 관련 사회 이슈는 페미니즘이었다. 국내 출판시장에서 페미니즘 도서가 맹위를 떨치는 것을 보면서 나는 진작 리인허를 염두에 두었다. 중국 최고의 여성 사회학자로 꼽히는 그녀는 중국 최초로 동성애 조사보고서를 작성, 발표한 중국 LGBT 운동의 선구자로 알려져 있다. 본래 천재 소설가 왕샤오보와 결혼했지만 왕샤오보의 이른 요절 후 20년간 트랜스젠더 여성과 동거하며 입양한 아들을 키워온 것이 크게 화제가 되기도 했다.

맨 처음 나는 리인허의 자서전을 국내에 들여오려 했지만 저작권 확인을 위해 중국 출판사에 연락을 했다가 바로 벽에 부딪혔다.

"우리가 낸 책이기는 하지만 해외 저작권 수출은 곤

란합니다."

납득이 갔다. 최근 리인허가 중국 정부의 언론 통제 정책을 비판한 것이 문제가 된 듯했다. 자서전에 무슨 정치적 문제가 있는 것은 아니었지만 중국 출판사로서는 괜히 리인허의 책을 해외로 수출한 사실이 외부에 알려져 구설수에 휘말리는 상황을 피하고 싶었을 것이다.

결국 포기한 상태에서 몇 달 후 국제도서전을 관람하러 베이징에 갔을 때 나는 서점에서 우연히 『마음에 앉은 먼지를 살며시 불다』를 발견했다. 갓 나온 리인허의 신작 에세이집이었다! 그리고 그때 내 옆에는 한국 B출판사의 편집자 한 분이 있었다. 나는 그분에게 리인허에 관해 간단히 소개해주었고 그분은 바로 그 에세이집을 욕심냈다. 하지만 역시 어떻게 저작권을 수입할지가 문제였다. 나는 잠시 망설이다가 말했다.

"제가 방법을 찾아보죠. 우선 귀국해서 기획서부터 만들어드릴게요."

귀국 후, 내가 작성한 『마음에 앉은 먼지를 살며시 불다』의 기획서는 바로 B출판사의 검토를 통과했다. 남은 일은 저작권 수입뿐이었다. 나는 B출판사의 저작권 담당자에게 나 자신은 번거로워 시도하고 싶지 않은 최후의 방법을 알려주었다.

"출판사가 수출을 거부하면 작가에게 직접 연락해야죠."

"리인허 선생의 연락처를 아세요?"

"아뇨. 그분의 친구 연락처를 알아요."

사실 2016년 난징에서 열린 한중 저작권교류회에서 한 중국 민영출판기업 사장과 만나 연락처를 교환한 적이 있었다. 당시 그 사장은 내게 자기가 유명 작가들과 친분이 두텁다고 떠들면서 이런 말을 했다.

"죽은 왕샤오보의 아내 분도 잘 알아요. 왕샤오보 작품의 저작권 관리를 나한테 맡기고 있죠."

그렇다. '죽은 왕샤오보의 아내'는 바로 리인허였다. 결국 B출판사는 내가 준 연락처로 그 민영출판기업 사장을 통해 리인허와 『마음에 앉은 먼지를 살며시 불다』의 저작권 계약을 체결했다. 그런데 이 책은 아직까지 한국에서 출간되지 않았다. 무슨 일 때문인지 조금 궁금하기는 하지만 내가 번역가가 아니므로(나는 여성 저자의 책은 잘 번역하지 않는다) 알 도리가 없다. 어쨌든 중국을 대표하는 페미니스트 리인허의 이 책이 빨리 출간되어 그녀의 글과 생각이 한국에 널리 알려지기를 바랄 뿐이다.

3부

번역 이야기

출판번역의 실전 팁으로 나의 평소 스케줄 관리법과 몇 가지 번역 원칙을 공개하려고 한다. 스케줄 관리법이야 나를 비롯한 모든 출판번역가가 대부분 비슷하다. 하지만 번역 원칙은 그렇지 않다. 더욱이 나의 모국어가 남에게 모범이 될 수 있을지 확신이 부족해서 지금껏 나는 내 번역 원칙을 남에게 알려준 적이 없다. 하지만 이 책에서는 두려움을 무릅쓰고 '나의 번역 요령'이라는 소제목으로 공개하고자 한다. 굳이 '번역 원칙'이라 하지 않고 '나의'라는 말을 덧붙이는 동시에 '원칙'을 '요령'이라 바꾼 것은 아직도 그 두려움이 다 해소되지 않았기 때문이다. 그저 한 중국어 출판번역가의 개인적 경험의 산물이라고 여겨졌으면 한다.

나의 일정 관리

나는 월요일부터 토요일까지 매일 새벽 4시에 일어난
다. 다른 식구들이 깨지 않게 조심스레 거실에 나가 식
사를 하고 108배(말이 108배지 2, 30배를 하는 것이 고작이지만 하루라도
빼먹으면 몸이 찌부드드하다)를 한 뒤, 집 앞에서 5시 20분 첫 버
스를 타고 역 근처 24시 카페베네에 간다. 그리고 정확
히 6시에 하루 일과를 시작한다.

　글쓰기와 관련된 사람들은 보통 올빼미가 많지만 나
는 거꾸로다. 하루를 일찍 시작해야 남에게 방해받지
않는 자유 시간을 최대한 많이 확보할 수 있다. 그렇게
정오까지 번역을 하고서 카페를 나와 식사를 한 후 다
시 카페에 돌아와 오후 대여섯 시까지 또 번역을 하고

나서야 집에 돌아간다. 저녁 시간은 금세 지나간다. 밥을 먹고, 가족과 대화를 나누고, 강아지 두 마리와 놀아주고서 바로 잠자리에 든다. 이르면 9시, 늦어도 10시에는 잠을 자려고 한다. 적어도 6, 7시간은 자야 하지 않는가. 이런 일과는 공휴일에도 예외가 없다. 일요일에는 가능한 한 가족과 시간을 보내려 하지만 번역 마감이 가까워지면 다른 식구가 늦잠을 자는 일요일 오전에도 일을 하곤 한다.

물론 불가피한 약속이 있을 때는 일과 시간을 조정한다. 약속에는 공적인 약속과 사적인 약속이 있다. 먼저 일과 관련된 공적인 약속에는 내가 도움을 주는 약속과 내가 도움을 받는 약속이 있다. 내가 도움을 주는 약속은 내가 편한 대로 시간과 장소를 정한다. 내가 여유 있는 시간에 내가 있는 곳으로 상대를 부른다. 반면에 내가 도움을 받는 약속이 잡히면 상대가 여유 있는 시간에 상대가 정한 곳으로 간다. 이 기준을 엄수하지 않고 친절한 마음에 매번 상대의 편의만 봐주면 반드시 "내가 봉인가?"라는 마음이 들게 될 것이다. 한편 사적인 약속은 이런 기준에 구애받지 않지만 내게 사적인 약속은 한 달에 한 번 있을까 말까다. 그리고 모든 약속은 부담스럽지 않은 시간에 마무리한다. 밤 열 시를 넘기지 않고 술은 자제한다. 다음날 일과에 영향이 가기 때문이다. 늦게 귀가해 12시를 넘겨 잠자리에 들면 다음 날 4시 기상이 거의 불가능하다.

한편 오전이나 오후에 약속이 잡히면 일과에 지장이 가지 않도록 움직인다. 예를 들어 열두 시 판교에서 카카오페이지 담당자와 미팅이 있다고 해보자. 그러면 역시 평소처럼 4시에 일어나 판교로 가서 미팅 장소 근처 24시간 커피숍에 일찍 자리를 잡고 일상 업무를 하다가 약속 시간에 맞춰 미팅 장소로 이동한다. 이런 식으로 최대한 일상의 리듬에 지장이 안 가게 한다. 만약 미팅 약속이 여러 개라면 가능한 한 같은 날, 비슷한 지역으로 몰고 미팅과 미팅 사이의 자투리 시간에도 역시 커피숍에 들러 번역을 한다.

출판번역가는 기계다. 미리 입력된 기본 스케줄을 철저히 엄수하고 피치 못할 변동이 생기면 그때그때 스케줄을 적절히 조정함으로써 일상의 리듬이 깨지는 일이 없게 한다. 이런 기계적 스케줄에 대한 맹종과 끊임없는 조정을 통한 리듬의 유지로 생활을 지탱한다. 때로는 너무 비인간적인 삶을 사는 게 아닌지 회의가 들지라도 말이다. 그러면 대체 무엇이 출판번역가로 하여금 이런 쳇바퀴 같은 삶을 살게 하는 것일까? 그것은 바로 '마감일'이다.

출판번역가는 번역계약서를 작성할 때 출판사와 협의하여 마감일을 정하지만 보통 기한을 아주 넉넉하게 받지는 못한다. 번역서의 분량에 따라 다르겠지만 3, 4백 페이지 정도의 일반서라면 보통 3~6개월로 번역 기한이 정해진다. 출판사에 출간될 원고가 쌓여 있어 1, 2년 뒤에나 책이 출간될 수 있어도 역시 그렇다. 물론 번역가가 현재 진행하고 있는 다른 번역이 있다면 그것이 언제 종료되는지 감안하기는 하지만, 출판사든 번역가든 어쨌든 번역 기한을 과도하게 늦춰 잡으면 좋을 것이 없다. 적절한 기한 내에 일이 끝나야 출판사는 번역 원고를 검토, 편집할 시간을 넉넉히 확보할 수 있고 번역가도 빨리 번역비를 받아 생계를 안정적으로 유지하면서 다음 번역을 착수할 수 있다.

계약을 마치고 출판사로부터 원서나 원문 PDF를 받고 나면 번역가는 마감일을 의식하며 번역 스케줄을 짠다. 우선 원서 몇 페이지를 시험 삼아 번역해보면 전체 원고량과 시간당 번역량이 추산된다. 시간당 번역량은 일반적으로 원고지 4~6매로서 소설이 가장 적고 실용서가 가장 많다. 예를 들어 전체 1천 매, 시간당 4매인 소설을 번역한다고 치자. 그러면 하루 작업 시간을 10시간으로 잡았을 때 일일 40매, 총 25일이면 번역이 끝난다. 하지만 일요일은 쉬어야 하고 대학 강의나 강연 같은 부업도 해야 하므로 넉넉히 한 달 반 정도로 전체 스케줄을 잡는다. 그리고 더 세부적으로 들어가 주 단위, 일 단위 스케줄도 잡고 본격적으로 번역에 돌입하면 매일 시간 단위 스케줄도 잡는다. 나 같은 경우는 아침마다 번역 원고 맨 끝에 아래와 같은 메모를 적는다.

6 / 7[4] / 8[8] / 9[12] / 10[16] / 11[20] / 12[24] / 14[28] / 15[32] / 16[36] / 17[40] / 18

앞의 숫자는 시간이고 [] 안의 숫자는 원고지 매수다. 12시에서 바로 14시로 뛰어넘은 것은 점심시간 1시간을 반영했기 때문이며 마지막 18시 옆에 숫자가 없는 것은 17시까지 목표량 40매를 못 채우는 경우에 대한 예비다. 보통은 18시까지 꼬박 달려야 목표량을 겨우 마칠 수 있다.

만약 영어나 일본어 출판번역가가 위의 메모를 보면 아마 코웃음을 칠 것이다. "하루에 겨우 40매라고? 우리는 어떨 때는 100매도 번역하는데!"라고 말이다. 그렇다. 중국어 번역은 상대적으로 속도가 늦다. 이것은 한자가 표의문자의 성격을 갖고 있기 때문이다. 한자 1,000자를 번역하면 한글 1,800자가 된다. 일본어와 영어도 번역하고 나면 글자 수가 더 늘지만 중국어만큼 많이 늘지는 않는다. 이것은 무엇을 뜻할까? 더 늘어나는 분량만큼 중국어번역가는 더 많이, 생짜로 글을 '지어내야' 한다. 이렇게 창작성이 강하기 때문에 중국어 번역은 느리기 짝이 없다. 그렇다고 영어나 일본어 번역에 비해 번역료 수준이 많이 높지 않은데도 말이다(그래서 일본어 번역가가 안 된 것을 자주 후회한다).

어쨌든 출판번역가는 저만치 있는 마감일을 마지노선으로 잡고 빈틈없는 스케줄을 무기로 삼아 하루하루를 기계처럼 규칙적으로 살아가야 하는 팔자다. 그러다가 자칫 몸이 아파 며칠을 쉬게 된다면? 당연히 마감이 악마로 돌변하는 사태를 겪게 된다. 출판번역가는 프리랜서이지만 자유롭기는커녕 실컷 아플 수 있는 자유조차 없다.

나의 번역 요령

출판번역가는 자신의 모국어 능력에 대한 자신감이 있어야 한다. 번역은 무수한 선택과 결단의 과정이다. 대부분은 자동적으로, 가끔은 고심을 통해 서로 대체 가능한 여러 단어와 표현, 문장 구조 중 어느 하나를 골라 결정해야 한다. 이런 작업을 시시각각 진행해야 하는데 본인의 모국어 능력에 대한 확신이 없다면 어떻게 단 한걸음이라도 전진할 수 있겠는가.

하지만 과신은 또 금물이다. 확신을 갖고 선택을 해나가더라도 그 선택이 유일무이한 것은 아님을 인정해야 한다. 그리고 본인에게 어떤 번역의 원칙들이 있다면 그것 역시 100퍼센트 통용되지는 않는 '요령'에 불과하다는 것을 늘 명심해야 한다. 먼저 중국어 번역에서 가장 기본이 되는 중국어 고유명사 표기법조차 예외가 아니다.

1. 중국어 고유명사는 1911년 신해혁명을 기준으로 그전 것은 한자음 표기를 허용하고, 그 후 것은 문교부 외래어 표기법에 따라 원음 표기한다

중국어 고유명사 표기라는 골치 아픈 문제를 고민하기 시작하면 계속 "어쩔 수 없다"라는 말만 반복하게 된다. 제일 먼저 문교부 외래어 표기법은, 중국어의 음운적 특성을 완벽하게 변별해 표기하기에는 부족한 체계이지만 어쩔 수 없다. 예컨대 설면음 j, q, x와 권설음 zh, ch, sh을 똑같이 ㅈ, ㅊ, ㅅ으로 표기해야만 하고, 중국어 4성의 차이를 반영해줄 방법이 없어서 '陝西(Shan[3성] xi)省'과 '山西(Shan[1성] xi)省'을 똑같이 '산시성'으로 표기할 수밖에 없다(그래서 꼭 한자를 병기해줘야 한다). 복모음 'yuan'을 '위안'으로 표기하라고 하는 것도 원음과는 거리가 멀다. 하지만 훨씬 더 나은 표기법이 있는 것도 아니고 이미 한국의 모든 매체에서 문교부 표기법을 표준으로 삼고 있기 때문에 어쩔 수 없다. 출판번역을 처음 시작하는 사람은 문교부 표기법을 문서로 출력해 옆에 두고서 그 표기 원칙들을 숙지해 따라야 한다.

이어서 고대 중국과 현대 중국의 분기점으로 간주되는, 1911년 신해혁명을 기준으로 중국어 고유명사의 한자음 표기와 원음 표기를 달리하는 '억지'도 어쩔 수 없다. 이는 고대 중국의 표상이 한국 문화 안에서 아직 완전히 객관화되지 못했기 때문이다. 어떻게 공자를 쿵쯔로, 맹자를 멍쯔로 번역할 수 있겠는가. 도저히 불가능한 일이다. 심지어 모택동을 마오쩌둥으로, 등소평을 덩샤오핑으로 표기해도 되는 데까지도 수십 년의 세월이 걸렸다. 그런데 만약 1911년 전후를 넘나드는 역사 소설을 번역하게 된다면? 그때는 어쩔 수 없다. 일괄적으로 한자음 표기를 하는 것이 그나마 자연스러울 것이다. 300페이지 전까지는 북경으로, 300페이지 이후로는 베이징으로 번역할 수는 없지 않은가.

2. 초벌 번역은 없다

출판번역가 지망생들에게 이런 질문을 자주 듣는다.

"선생님은 처음부터 꼼꼼하게 번역을 하시나요, 아니면 먼저 초벌 번역을 다 해놓고 나중에 완벽하게 손을 보시나요?"

이에 대해 내 대답은 거의 한결같았다.

"번역가마다 다르죠. 누구는 전자이고 누구는 후자예요. 저는 전자입니다. 시간이 걸리더라도 꼼꼼하게 번역하고 번역이 끝나면 한나절 정도만 훑어보고 출판사에 원고를 보냅니다."

하지만 지금 와서 이 대답을 고치고자 한다. 얼마 전초벌 번역의 사전적 의미가 "여러 차례 거듭할 것을 염두에 두고 맨 처음 대강 하는 번역"이라는 것을 알았기때문이다.

"사전적 의미에 근거하여 엄밀히 말하면, 출판번역가에게 초벌 번역이란 없습니다."

어떻게 책 번역을 "맨 처음에 대강 하고" 또 "여러 차례 거듭"한단 말인가. 일차 번역을 마치고 세심하게 마무리 작업을 하는 스타일의 번역가도 책의 난이도와 분량에 따라 다르긴 하겠지만 아마 그 마무리 작업에 최소 일주일, 최대 한 달 이상을 쏟지는 않을 것이다. 처음에 대충 번역하고 여러 차례 거듭 고칠 수 있을 만큼 출판번역은 작업 기간을 오래 받지도, 그 기간을 넉넉히버틸 수 있을 만큼 보수가 많지도 않다.

나중을 기약하고 어색한 문장을 놔두거나 모르는 원문을 미뤄둔 채 넘어가면 안 된다. 문장이 꼬였든, 낯선 고유명사가 나왔든, 원문의 맥락이 이해 불가이든 문제에 부딪히면 기필코 해결한 뒤, 비로소 그다음 페이지로 전진해야 한다. 출판번역은 수백 페이지를 몇 달에 걸쳐 번역하는 마라톤이다. 중간에 구멍이 숭숭 뚫린 채 계속 레이스를 펼칠 수는 없으며 그랬다가는 그 구멍들이 더 큰 구멍이 될 수도 있다.

물론 여기에도 예외는 존재한다. 책 제목과 각 챕터의 소제목은 처음에 대충 번역을 해놨다가 번역을 완료한 후 최종 결정해야 정확하다. 제목은 본문 내용을 완벽히 소화했을 때 가장 정확하게 지을 수 있기 때문이다. 하지만 그렇다고 해서 번역가가 책 제목을 정할 수 있는 것은 아니다. 다소 의견은 반영할 수 있어도 그것은 엄연히 마케팅을 담당할 출판사의 몫이다.

3. 장르 문법을 체화한다

외부 출판번역 강좌에서 여러 장르의 원문을 교재로 삼아 수강생들을 가르쳐보면 의외로 그들의 취향이 특정 장르에 편중되어 있다는 것을 알 수 있다. 다시 말해 에세이에는 강하지만 사회과학에는 약하다. 소설, 수필, 동화 등 감성적인 문체의 장르는 대체로 번역을 잘하는데 역사, 사회비평, 경제경영, 고전해설처럼 축적된 지식과 관념적 어휘 사용이 필수인 장르는 번역도 잘 못하고 관심 자체가 없다. 현재 중국어 출판번역 현장에서 일감이 많은 쪽은 오히려 후자인데도 말이다.

내 경험상 출판번역가는 특정 장르의 책과 맞닥뜨렸을 때 그 장르의 글쓰기 문법이 체화되어 있지 않으면 번역이 거의 불가능하다. 평생 독서 범위가 난잡했던⁽?⁾ 나조차 그런 경험이 있다. 오래전 귀징밍의 로맨스 소설을 번역해달라는 의뢰를 받았을 때 몇 페이지 넘겨보고 놀라서 바로 손을 들었다. 로맨스 문법에 전혀 문외한이었기 때문이다. 일반적인 출판번역가들과는 달리 장르소설과 꽤 오래 깊은 인연을 맺어왔지만 무협, 판타지는 잘 알아도 게임소설과 로맨스는 젬병이다. 기획 능력을 키우려고 한때 2, 3백 권을 한꺼번에 읽으며 로맨스의 장르 문법을 어렴풋이 이해하기는 했지만 체화하는 데까지 이르는 것은 무리였다. 어떤 장르의 문법을 체화하려면 오랜 독서와 애호의 이력이 필요하다.

어떤 출판번역가도 모든 장르의 문법에 다 익숙할 수

는 없다. 그러므로 기획이든 번역이든 자기가 자신 있는 장르에 집중해야 하지만 자기가 다룰 수 있는 장르의 종류가 너무 적다면 부득이 새로운 장르를 개척하는 용기도 내봐야 할 것이다. 자기계발, 심리처럼 비교적 대중성이 강한 장르는 뒤늦게 노력해도 무난히 그 문법을 체득할 수 있으리라고 본다.

4. 문장 부호는 되도록 쉼표, 느낌표, 마침표만 쓴다

중국어는 한국어보다 문장 부호를 많이, 그리고 다양하게 쓴다. 쉼표와 느낌표의 사용 빈도가 상대적으로 높을뿐더러 ;, :, ─ 같은, 한국어에서는 거의 안 쓰는 문장 부호를 자주 사용해서 번역가를 골치 아프게 만든다. 이에 대한 대응은 철저히 모국어 중심적이어야 한다. 먼저 쉼표와 느낌표는 번역 과정에서 대폭 줄인다. 중국어에 쉼표가 많은 것은 띄어쓰기가 없는 언어적 특성 때문이므로 띄어쓰기가 발달한 한국어에서는 원문의 쉼표를 고스란히 살려줄 필요가 없다. 더구나 한국어의 어문 추세는 계속 쉼표 사용을 억제하는 쪽으로 진행되어 왔다. 과거에는 접속사마다 뒤에 쉼표를 붙인 적도 있었지만 지금은 구조가 복잡한 복문에서나 가독성을 위해 절과 절 사이에 쉼표를 찍어줄 뿐이다. 역시 띄어쓰기로 쉼표의 기능을 대체하고 있는 것이다. 또한 중국어 원문에서 느낌표를 남발해 뜬금없이 감정을 고조시킨다는 느낌이 들면 역시 조심스레 줄여보기를 권한다. 내 경험상 동일한 문맥에서 중국 저자는 한국 저자보다 느낌표를 훨씬 더 많이 사용한다. 원서가 웹소설이 아닌 이상, 느낌표의 남발은 한국 독자의 눈살을 찌푸리게 만들 가능성이 크므로 본래 의미를 해치지 않는다는 것을 전제로 그 수를 줄여야 한다고 본다.

이어서 ;, :, — 등의 생경한 문장 부호는 삭제와 동시에 그 기능을 아래와 같이 번역문 내에 흡수시키기로 하자.

多亏他的大哥介绍給他的禁书—中国三〇年代的左翼文学、俄国小说，还有青春特有的英雄主义—他瘋狂地崇拜拿破崙、亚历山大、林肯，还有当时刚崛起的古巴的卡斯楚。

큰형이 소개해준 1930년대 중국의 좌익문학과 러시아 소설 같은 금서 그리고 청춘기 특유의 영웅주의 덕분에 그는 나폴레옹, 알렉산더 대왕, 링컨 그리고 당시 막 부상한 쿠바의 카스트로를 열광적으로 숭배했다.

'—'와 달리 병렬, 전환의 ';'와 설명, 부연의 ':'는 처리하기 쉽다. 적절한 연결어미로 대체하거나 별도의 계산 없이 삭제해줘도 된다.

5. 의성어, 의태어를 적극 활용해 생동감을 높인다

발음의 표현에서 한국어 문자체계는 중국어보다 상대적으로 음상(音相)이 다채로워 의성어, 의태어가 훨씬 더 많다. 이런 특징을 이용해 중국어의 정태적 표현을 의성어, 의태어를 활용해 번역하면 문장에 생동감을 불어넣을 수 있다. 물론 이런 번역 기법은 장르와 문체에 따라 선별적으로 활용해야 하는데 대체로 아동서 책 번역에서 대단히 유효하다.

鲁智胜完全戒了烟，说是见了它就想到可能要爆炸，把情绪全吓退了。

루즈성은 완전히 담배를 끊었다. 담배만 보면 꼭 폭발할 것 같아 피우고 싶은 기분이 싹 달아난다고 했다.

老魯拍拍脑袋，"事情办成，我带你们两个出去旅游一趟，坐飞机去！"

루즈싱의 아빠는 자기 머리를 툭툭 치면서 "성공만 하면 너희 둘을 데리고 여행을 시켜 주겠어. 비행기를 타고 말이야." 라고 말했다.

사실 아동서 편집자는 다른 분야 편집자보다 번역 원고에 훨씬 더 많이 손을 댄다. 성인인 번역가가 아이들 수준에 맞는 언어를 구사하기는 아무래도 어렵기 때문이다. 나 역시 내 원고가 아동서 편집자의 손을 거친 뒤 모든 단어가 밝아지고 동글동글해졌다는 느낌을 받은 적이 있다. 그렇게 된 핵심 요인 중 하나는 아마도 의성어, 의태어의 강화였을 것이다. 어쨌든 아동서든 성인서든 중한 번역에서 의성어, 의태어를 잘 활용하면 단어의 의미를 구체화하고 장면의 분위기를 더 극적으로 만들수 있다.

6. 가독성을 위해 높임말 사용을 줄인다

한국어의 발달된 경어법은 종종 번역을 어렵게 만든다. 높임말 사용에 동원되는 존칭어, 접사, 어미 등이 문장의 리듬을 망치고 늘어지게 해 가독성을 떨어뜨린다. 그나마 전지적 작가 시점의 소설에서는 그런 일이 거의 없지만 일인칭 주인공 시점의 소설과 에세이를 만나면 화자와 그의 윗사람의 관계에 대한 묘사가 나올 때마다 갈등에 부딪힌다. 물론 대화는 예외다. 문제는 서술문에서 화자가 자신의 관점에서 윗사람을 묘사할 때이다. 이럴 때는 높임말을 써야 할까, 반말을 써야 할까?

우선은 반말 사용을 기본으로 삼자.

母亲几乎步伐跟跄了，可是手上的重担却不肯放下来交给我，我知道，只要我活着一天，她便不肯委屈我一秒。

어머니는 비틀비틀 간신히 걸으면서도 끝내 손에 든 짐을 내게 넘겨주려 하지 않았다. 나는 알고 있다. 내가 하루를 살아도 어머니는 단 일 초도 나를 힘들게 하려고 하지 않는다는 것을.

그러나 대화체의 서술문은 예외다. 높임말을 써야만 분위기를 살릴 수 있다.

父亲，母亲，这一次，孩子又重重的伤害了你们，不是前不久才说过，再也不伤你们了，这么守诺言的我，却是又一次失信于你们，虽然当时我应该坚强些的，可是我没有做到。

아버지, 어머니, 이번에도 이 못난 딸이 두 분께 상처를 입혀드렸어요. 얼마 전에야 겨우 말씀드렸는데, 다시는 속상하지 않게 해드리겠다고. 그런데 그렇게 약속을 하고도 또다시 두 분의 믿음을 저버리고 말았어요. 그때 더 굳게 마음을 먹었어야 했는데 저는 그러지 못했어요.

번역가는 '예의'는 포기해도 문장의 리듬은, 다시 말해 가독성은 포기할 수 없다.

7. 동어반복과 동음반복을 피한다

번역문의 한 문단 안에서 특정 표현이 반복되면 안 된다. 따라서 자동적으로, 한 문장 안에서는 더더욱 특정 표현이 반복되면 안 된다. 아래 예문을 보자.

우리는 이러한 천재들이 자기 두뇌를 이용하여 질 좋고 편안한 삶을 누리면서 살았을 것이라고 예상하지만, 실제로 천재들은 누구나 다 부러워할 만한 삶을 살지는 않았다. 오히려 그들은 말년에 그 누구보다도 불행한 삶을 살았다고 할 수 있다. 실제로 모차르트와 같은 음악 신동이나 르네상스 시대를 대표하는 화가인 라파엘로 등의 많은 천재들이 젊은 나이에 요절하였다.

한 학생이 번역 숙제로 낸 글인 위의 예문에서 동어반복의 예는 '실제로'이며 대응되는 원어는 둘 다 '其实'이다. 만약 나였으면 앞의 '其实'은 '사실'이라고 번역했을 것이다. 이에 대해 누구는 "원어가 똑같은데 똑같은 단어로 번역하는 것이 맞지 않나요?"라고 묻겠지만 내 의견은 다르다. 원어가 같더라도 한 문단에서 같은 원어를 두 번 이상 번역하게 되면 각기 다르게 변주해줘야 한다. 이것은 번역가를 넘어 모든 글쟁이의 기본 수칙으로서 이를 어기면 독자에게 눈총을 받아 마땅하다. 나아가 단어의 동어반복뿐만 아니라 구조의 동어반복도 피해야 한다.

더 심각한 것은, 번영과 여유를 누리는 이 사회가 자신의 역사를 체계적으로 설명하는 것에 무관심해 보인다는 것이었다.

한 문장에 '~것'이 세 차례나 반복된다. "더 심각한 것은, 번영과 여유를 누리는 이 사회가 자신의 역사를 체계적으로 설명하는 데에 무관심해 보인다는 사실이었다."로 바꾸면 적절하겠다. 반복은 독자를 무료하게 만든다. 원문의 의미에 손상을 안 입히는 한도 내에서 다채롭게 단어와 문장 구조를 변주해야 한다.

반복에 대한 경계는 음운 차원에서도 실천해야 한다. 구체적으로 말하면 이어지는 두 단어의 끝모음이 같은 것도 독자의 눈에는 거슬린다.

나는 역 광장 한구석에서 말없이 멍하니 참새들에게 먹이를 주었다.

이 번역문은, "나는 역 광장 한구석에서 넋을 잃고 말없이 참새들에게 먹이를 주었다."로 변경해도 본래 뜻과 전혀 다르지 않다. 동음반복도 동어반복만큼이나 묵독의 자연스러운 리듬을 해치므로 되도록 피하기로 하자.

8. 허사를 잘 다루면 군더더기가 없다

2010년 김영사에 다닐 때 회사에서 어처구니없는 미션을 받은 적이 있었다. 원고지 3,400매 분량의 두 권짜리 번역소설을 한 권으로 낼 수 있게 줄이라는 것이었다. 이것이 과연 가능한 일일까? 다른 장르도 아니고 소설인데 어떻게 본래 스토리를 다 살리는 동시에 분량을 반 토막 낼 수 있단 말인가. 나는 먼저 그 소설을 전체적으로 훑어보고 난 뒤, 정말 반으로 줄일 수는 없어도 두껍게 한 권으로 만들 정도까지는 줄일 수 있다는 생각이 들었다. 번역문에 군더더기가 꽤 많았기 때문이다. 본문의 일부를 통째로 삭제하지 않고 군더더기만 쳐내도 꽤 많은 분량을 덜어낼 수 있을 듯했다. 보름간의 편집 끝에 나는 내 예상이 옳았음을 확인했다. 30여 개의 챕터 중 완전히 삭제한 것은 단 한 챕터뿐이었다. 그 챕터는 메인 스토리와 연관성이 거의 없어서 그럴 수 있었다. 나머지 덜어낸 분량은 전부 '군더더기'였다. 결국 그 소설은 원고지 3,400매에서 2,700매로 줄었고 삭제한 한 챕터가 원고지 100매였음을 감안하면 내가 쳐낸 군더더기는 무려 원고지 600매, 전체의 17.6%에 달했다.

그러면 내가 쳐낸 군더더기는 구체적으로 어떤 것들이었을까? 문제의 그 번역문은 사실 초고가 아니었다. 이미 출간이 된 책의 편집 완료 원고였다. 동일 내용의 중언부언 같은 것은 있을 리 없었다. 하지만 내 눈에는 좀 더 세밀한 차원의 군더더기가 보였는데 불필요한 보조용언의 남발을 빼면 그것은 주로 허사와 관련이 있었다. 위에서 이미 인용한 예문에서 그런 것들을 체크해 보았다.

우리는 ①이러한 천재들이 자기 두뇌를 이용②하여 질 좋고 편안한 삶을 누리면서 살았을 것이라고 예상하지만, 사실 천재들은 누구나 다 부러워할 만한 삶을 살지는 않았다. 오히려 그들은 말년에 그 누구보다③도 불행한 삶을 살았다고 할 수 있다. 실제로 모차르트④와 같은 음악 신동이나 르네상스 시대를 대표하는 화가인 라파엘로 등의 많은 천재들이 젊은 나이에 요절⑤하였다.

어미와 조사 같은 한국어의 허사를 사용할 때는 가능한 한 음절을 압축하고 또 불필요한 곳에 쓰지 않도록 주의한다. 위에서 ①은 '이런'으로, ②는 '해'로, ⑤는 '했'으로 음절을 압축할 수 있고 ③과 ④는 의미에 기여하는 바가 전혀 없으므로 빼도 무방하다. 이런 식으로 허사를 경제적으로 다루면 글이 놀라울 만큼 간결해지고 읽기의 부담도 줄어든다. 실제로 내가 편집한 그 번역소설의 새 원고를 읽고서 여러 사람이 훨씬 술술 읽힌다는 의견을 밝혔다.

그러나 허사의 음절을 압축하려고 구어적인 줄임말까지 써 버릇하면 곤란하다. "우린 서로에게 은밀한 미소를 지어 보였다."처럼 말이다. 이런 줄임말은 문어의 표준에 어긋난다. 그리고 원서의 문체적 특성 때문에 음절 압축을 자제해야 할 때도 있다. 정적이고 유장한 문체를 번역해야 할 때 허사의 과도한 음절 압축이 그리듬을 방해할 수 있기 때문이다.

9. 대화는 배우가 된 느낌으로 캐릭터와 상황에 몰입해 번역한다

소설 번역의 재미나면서도 어려운 점은 등장인물마다 성격에 맞는 어조를 설정하고 유지하는 것이다. 대화가 많은 청소년 소설이나 웹소설을 만나면 이 문제는 더 번역가를 괴롭힌다. 주고받는 대화를 번역할 때마다 자신이 연극배우가 된 것처럼 번역한 글을 소리 내어 읽으면서 상황 문맥에 맞는지, 너무 문어적이지는 않은지 반복적으로 점검한다.

下午放学，贾里撇掉鲁智胜独自去药店转了一圈，然后奔回家候在那儿，妹妹贾梅一推开门，他就迎着门大喊：＂快！一寸光陰一寸金。＂妹妹睁大眼，反而笑了：＂干什么？你傻掉了？＂

방과 후 자리는 루즈성을 따돌리고 혼자 약국에 들른 뒤 집으로 달려가 기다리고 있었다. 이어 여동생 자메이가 문을 열고 들어서자 자리는 대뜸 고함을 질렀다.

"①빨리! 시간이 금이야.'

자메이는 눈을 크게 뜨고 오히려 웃으며 말했다.

"②뭐해? 너 바보야?"

역시 수강생이 숙제로 제출한 위 번역문에서 나는 ①과 ②가 의미는 맞지만 실제 대화 상황을 떠올리면 입에 잘 붙지 않는다고 느꼈다. 그리고 ①의 대안으로 ＂서둘러, 시간은 금이라고!＂를, ②의 대안으로는 ＂왜 그래, 뭐 잘못 먹었어?＂를 제시했다. 대화 번역은 상대적으로 외시 의미보다는 함축 의미가 훨씬 더 중요하므로 대화 상황에 맞게 함축 의미를 더 부각시키는 쪽으로 과감히 의역을 하도록 하자.

10. 긴 원문은 끊어 번역하되, 접속사는 아끼자

표의문자적 특성 때문에 중국어 텍스트는 한국어 텍스트보다 정보량이 많다. 그래서 번역을 하고 나면 글자 수가 거의 1.5~2배로 늘어난다. 그러니 중국어 한 문장을 어쩔 수 없이 한국어 두세 문장으로 끊어 번역해야 하는 경우가 많다. 억지로 안 끊고 만연체로 만드는 것은 어리석은 선택이다. 독자들은 갈수록 단문을 더 선호한다.

人们重新跳到地上，我记得有人不停地进去，好象过不多久全农场的人又都集合到我们宿舍门前。我记不清了是因为我马上进入谵妄状态，神志不清，但我敢肯定还没有休克。

동료들이 다시 바닥으로 뛰어내렸다. 내 기억에 사람들이 쉴 새 없이 안으로 들어오고 얼마 후 전 농장의 사람들이 우리 숙소 앞에 모여든 것 같다. 기억이 잘 나지 않는 건 내가 곧 착란 상태에 빠져 의식이 혼미해졌기 때문이다. 하지만 감히 단정하건대 쇼크는 아니었다.

위의 예문에서 나는 중국어 두 문장을 네 문장으로 끊

어 번역했다. 하지만 그 과정에서 접속사는 '하지만' 한 개밖에 쓰지 않았고 그것도 원문에 있는 '但'과 호응하는 것이므로 사실상 새로 만든 것은 아닌 셈이다.

중국어를 끊어 번역할 때 내가 가장 유의하는 것은, 늘어난 한국어 문장들을 의미의 자연스러운 흐름에 따라 배열하되, 가능한 한 중간에 새로 접속사를 만들어 넣지 않는 것이다. 어떤 의미에서 보면 접속사도 일종의 군더더기다. 효율적인 글일수록 접속사 없이 유려한 흐름을 유지한다.

11. 연속되는 용언구의 연결어미는 반복을 피한다

세 개 이상의 용언구가 한 문장을 이룰 때 각 용언구의 연결어미는 기본적으로 반복을 피해야 읽기가 자연스럽다. 수강생의 번역문을 예로 들어보자.

喀秋莎也很开心，除了吃到好吃的饺子之外，她把沙发丢给了我，自己睡进了女主人温暖的被窝。

카츄사도 신이 나 맛있는 만두를 먹어치우①고 내게 소파를 내주②고 자기는 여주인의 이불속에 들어가 잠을 잤다.

나는 ②의 '고'를 '고서'로 바꿔보라고 조언했다. 이처럼 긴 문장은 '~고', '~며', '~서' 등의 연결어미를 적절히 번갈아가며 써야 입에 잘 붙는다.

하지만 작가가 의도적으로 같은 구조의 용언구를 반복할 때는 예외다. 아래 예문에서처럼 작가의 의도를 존중해 동일한 연결어미를 쓰고 구와 구를 쉼표로 연결한다. 이때 시제 선어말 어미는 마지막 연결어미 앞에만 붙여도 무방하다.

我和美智子曾经单薄的相爱过，在寒夜的隧道，在冬日的午后，在她言说过的大阪秋天里，仿佛像一团哈气，一粒暖阳，一尾摇曳的上方舞折扇。

나와 미치코는 언젠가 희미한 사랑을 나누었다. 추운 밤 터널에서, 겨울날의 오후에, 그리고 그녀가 말해준 오사카의 가을에 그 사랑은 입김 같고, 따뜻한 태양 같고, 하늘거리는 카미가타마이 춤의 부채 같았다.

12. 원서의 평서문에서 갑자기 독자를 호명하면 그냥 무시하라

객관적인 어조의 대중 인문서를 번역하다 보면 평서문인데도 갑자기 저자가 '당신'(你), 즉 독자를 호명하여 의견을 묻거나 자기 말에 대한 동의를 구하는 식으로 분위기를 전환할 때가 있다. 아래 예문처럼 말이다.

当《中国时报》全文刊登被审判者的答辩时，台湾人大吃一惊。在国民党连篇累的宣传中，很多人真的以為他们不过是暴徒。但倘若你读到這些辩护词，会发现他们是一群为台湾命运思考及牺牲的人，他们把潜藏在人们心里的模糊感受，以如此清晰与直接的方式表达出来。

《중국시보》(中國時報)에 피고인들의 답변 전체가 게재되었을 때 타이완인들은 경악을 금치 못했다. 국민당의 편파적인 선전으로 인해 사람들은 대부분 그들이 폭도인 줄 알았다. 그러나 만약 당신이 그 변론의 글을 읽었다면 그들이 타이완의 운명을 걱정하고 자신을 희생한 이들임을 깨달았을 것이다. 그들은 사람들의 마음속에 감춰져 있던 모호한 느낌을 그렇게 분명하고 직접적인 방식으로 표출했을 뿐이었다.

중국 저자들은 의외로 이런 식의 글쓰기 방식을 애용한다. 독자들에게 주의를 환기하고 공감을 끌어내려는 의도일 텐데 한국어 역자로서 나는 이런 부분에 부딪힐 때마다 매우 낯설고 성가시다. 엄밀한 논설문이나 설명문에 불쑥 강연문이 끼어드는 느낌이어서 도저히 글자 그대로 번역할 수가 없다. 그래서 원문과 다르게 계속 객관적인 어조를 유지한다. 예컨대 위의 밑줄 친 부분 같으면 "그런데 그들의 변론을 읽어보니 뜻밖에도 그들은 타이완의 운명을 걱정하고 자신을 희생한 이들이었던 것이다."라고 옮길 것이다. 원문을 무시하는 셈이지만 어쩔 수 없다. 한국 독자들에게는 이질적인 글쓰기 방식이기 때문이다.

사실 중국에는 아예 강연체로 써진 책도 많다. 『이중톈 중국사』가 그 대표적인 예인데 저자가 마치 청중을 앞에 두고 이야기하는 것처럼 계속 독자에게 말을 건다. 이런 특수성을 존중해 나는 맨 처음 출판사와 의논하여 역시 강연체로 번역을 했고 어조도 당연히 존댓말을 택했다. 하지만 한 권을 다 번역한 뒤 출판사에 원고를 보냈는데 바로 "한 권 내내 존댓말이 계속되니 느낌이 부담스럽습니다."라는 회신이 왔다. 결국 출판사에서 다시 일일이 말투를 고쳐야 했다.

13. 정치·사회 용어는 우리 입장에서 번역하자

아래 예문은 중국의 독립 언론인 쉬즈위안(許知遠)의 저서 『저항자』의 한 대목이다.

> 我在绿岛监狱中参观时，碰到了大陆游客，這些台湾政
> 治犯的遭遇会给他们带来怎样的触动？
>
> 뤼다오(綠島)의 감옥을 참관할 때 나는 우연히 중국에서 온
> 여행객들과 마주쳤다. 타이완 정치범들의 그 유적을 보고 그
> 들은 어떤 느낌을 받았을까?

원문의 단어인 '대륙'을 나는 '중국'이라고 번역했다. 왜
그랬을까? 쉬즈위안은 중국인이고 또 중국은 타이완을
독립 국가가 아닌, 중국의 일부라고 간주하고 있다. 그
래서 같은 텍스트에서 대륙과 타이완은 나란히 등장할
수 있지만 중국과 타이완은 그럴 수 없다. 후자는 곧 중
국과 타이완이 동등한 두 국가임을 인정하는 것이나 다
름없기 때문이다. 하지만 나는 한국인이며 보통 한국인
의 머릿속에서 중국과 타이완은 '동등한 두 국가'다. 그
래서 '대륙'을 '중국'이라고 번역한 것이다.

사실 중국 정치·사회 분야 도서를 번역할 때 역자는
수도 없이 이와 유사한 문제와 부딪친다. '항미원조전
쟁'(抗美援朝戰爭)은 한국전쟁이라고 번역해야 하고 '조선'

은 북한이라고 번역해야 한다. 중국 저자가 중국인의 입장에서 고르고 쓴 용어는 우리 입장에서 우리 식으로 변경해야 한다. 그렇다면 단지 용어 차원에서 그치지 않고 책의 서문, 나아가 한 챕터가 통째로 중국 공산당의 일방적인 입장에서 편파적으로 써졌고 그것이 우리 독자의 눈에 띄었을 때 불쾌감을 일으킬 게 분명하다면? 아직 그런 책을 만나보지 않아 잘 모르겠지만 나 같으면 내 선에서 순화(?)시켜보려 노력하다가, 정 안 되면 출판사와 논의해 적절한 대처 방안을 찾을 것이다.

14. 역주를 달지 말지는 독자의 지적 수준에 맞춰 정한다

어느 학자에게 학술서 번역을 의뢰한 적이 있었다. 중국 고대의 철학, 문학, 음악, 미술, 건축 등 학문과 예술 제 분야의 특징을 총망라해 소개한, 대단히 난이도 높은 도서였다. 그런데 그 학자는 원고를 읽어보더니 대뜸 내게 말했다.

"번역하면 원고지 4,500매 정도 될 것 같은데요."

나는 깜짝 놀라 물었다.

"제 계산으로는 3,000매 정도밖에 안 될 것 같은데요."

"아, 본문 번역은 3,000매이지만 역주를 1,500매 정도 달아야 할 듯합니다."

나는 쓴웃음을 지으며 말했다.

"선생님, 이 책은 대중서가 아닙니다. 타깃 독자가 학자와 대학원생이에요. 그러니 역주를 다셔도 본문의 10% 이하 분량으로 맞춰 주십시오."

역주는 대상 독자의 지적 수준을 감안해 달아야 한다. 학자들의 참고용으로 출판할 학술서에 일반 독자를 고려해 역주를 단다면 그 양이 얼마나 많아질 것인가. 게다가 역주의 양이 본문의 절반에 달한다면 아무리 그 역주가 자세하고 친절해도 일반 독자는 질려서 그 책에 손도 대지 않으려 할 것이다. 그리고 소설은 아주 불가피한 경우, 즉 특정 정보를 모르면 아예 읽기가 곤란한 경우가 아니면 가능한 한 역주를 안 다는 게 좋다. 어쨌든 역주가 중간에 끼어들면 원활한 독서에 지장을 주기 때문이다.

또 한 가지 번역가가 가장 주의해야 할 것은, 어떤 책을 번역하기 전에 그 자신이 그 책의 맥락과 배경에 관해 독자와 동등하거나 더 높은 수준의 이해도를 갖고 있지 않으면 사실 어디에 역주를 달아야 할지도 파악하기 힘들다는 사실이다. 예를 들어 1960년대 타이완 국민당의 공포정치에 관한 원문을 한 20대 수강생이 아래와 같이 번역하고 괄호 안에 역주를 삽입한 적이 있었다.

스밍더(施明德)는 사회적으로 만연한 공포와 국민당 정권의 끝날 줄 모르는 '반공대륙'(反攻大陸. 타이완의 대륙 수복 구호를 말함)'의 선전 속에서 소년기를 맞았다.

위의 역주가 적절한지 아닌지에 대해 나도 고민이 컸다. 국공내전에서 패해 타이완으로 도망친 국민당 정권은 오랜 계엄 정치 내내 다시 중국 대륙을 공격해 되찾겠다는 불가능한 정치 캠페인을 벌였다. 위 번역문의 독자가 타이완과 중국의 역사적 관계를 알고 있다면 굳이 저 역주를 넣을 필요 없이 '반공대륙'을 '대륙 수복'이라고만 바꿔줘도 될 것이다. 최종적으로 나는 그렇게 고치기를 권했다. 저 번역문이 포함된 번역서는 중화권의 여러 민주화 운동가를 소개하는 인문서로서 주요 타깃 독자가 40대 이상의 교양인이기 때문이었다. 그 젊은 수강생은 유감스럽게도 독자를 너무 얕보았다. 만약

내가 독자로서 저 역주를 보았다면 무시당한 것 같아

조금 불쾌했을 것이다.

1~3부에는 다소 넣기 어려운 성격의 세 꼭지를 부록으로 함께 묶는다.「중국 출판사와 친해지는 방법」에서는 중국어 출판번역가가 직접 중국 도서를 국내에 수입하기 위해 중국 출판사와 네트워크를 형성하는 데 필요한 노하우를 담았다. 이는 기존 저작권에이전시의 노하우와 흡사하지만 그 목적은 단지 저작권 수출입에 국한되지 않으며 필요한 능력과 활동도 더 광범위하다. 중국 원서에 대한 이해도가 깊고 번역과 기획에 다 능한 출판번역가만 습득할 수 있는 노하우이기도 하다. 그리고「2019년 베이징국제도서전 참관기」는 중국어 출판번역가가 중국 출판을 이해하고 중국 출판사와 접촉하기에 가장 유리한 현장인 베이징국제도서전에 관해 소개하고 있다. 마지막으로「한국어 문장력 단련법」에서는 출판번역가 지망자들의 공통된 과제인 한국어 문장력 배양에 관해 내 개인적인 경험을 이야기하고자 한다.

중국 출판사와 친해지는 방법

현재 내 위챗과 지메일의 주소록에는 중국 각 출판사 편집자와 저작권 담당자 200여 명의 연락처가 입력되어 있다. 과거에는 이메일과 전화번호가 주된 연락 경로였지만 위챗이 일반화된 후로는 사정이 바뀌었다. QR코드 스캔을 이용해 친구 추가를 한 뒤 일이 있을 때마다 그들과 메시지를 주고받는다. 이제 이메일은 중요한 계약서나 대용량 자료를 전송할 때만 제한적으로 이용한다.

중국 출판사와의 이런 네트워크는 현재 내게 큰 자산이 되었다. 우선 그들은 매년 중국 해외번역지원금 프로젝트 신청서 접수가 있을 때마다 앞다퉈 내게 문의를 해온다. 신청서 접수를 하려면 대상 도서의 해외 저작권 수출계약서가 있어야 하고 그 계약서를 꾸미려면 해외 출판사의 동의와 서명이 필요하기 때문이다. 나는 그들의 문의를 받으면 먼저 그들이 지원금을 신청하려는 책이 무엇인지 검토하고, 혹시 연말에 신청이 통과되면 한국의 어떤 출판사가 지원금을 넘겨받아 그 책을 번역, 출판하는 데 적합할지 판단해 연락을 취한다. 그래서 그 한국 출판사가 계약서에 서명을 해주면 그것을 중국 출판사에 보내 신청 수속을 완료하게 한다.

이 밖에 내가 개인적으로 기획을 할 때도 중국 출판사와의 친분은 엄청난 도움이 된다. 웹에서 어떤 중국 책의 정보를 취한 뒤, 그 책에 대한 더 자세한 자료가 필요해지면 바로 위챗으로 검토용 PDF 원고를 보내달라고 중국 출판사에 요청한다. 그러면 바로 당일 내에 원고를 받아 꼼꼼히 검토할 수 있다. 이 방법이 아니면 저작권에이전시에 PDF 원고를 중국 출판사에 대신 요청해달라고 부탁하거나 나 스스로 국제 우편을 통해 종이책을 중국에서 공수해와야 하는데, 전자는 내가 출판사가 아니라 개인 신분이므로 거절을 당할 가능성이 크고 후자는 돈과 시간이 들뿐더러 번거롭기 그지없다.

그러면 출판번역가는 중국 출판사와의 네트워크에 어떤 방법으로 다가갈 수 있을까? 사실 오프라인 접촉이 가장 효과적인 방법이며 오프라인 접촉의 기회로는 중국 출판사가 총출동하는, 매년 8월 말과 11월 중순에 각각 열리는 베이징국제도서전과 상하이국제아동도서전, 매년 2, 3회씩 한국 출판사들이 중국 지역 출판그룹을 방문해 공동 개최하는 '찾아가는 중국 도서전' 그리고 부정기적으로 중국 출판사들이 한국을 방문해 소규모로 진행되는 한중 저작권 교류회 등이 있다. 이런 한중 출판 행사에 꾸준히 참석하며 중국 출판 관계자들과 접촉면을 끊임없이 넓혀야 그들과 탄탄한 네트워크를 형성, 유지할 수 있다.

그런데 위의 활동을 전개할 때 한 가지 꼭 유념해야 할 점이 있다. 그것은 바로 믿을 만한 국내 출판사들과의 합작이다. 단지 개인 자격으로 중국 출판사와 접촉하면 기대한 만큼의 호응을 얻지 못한다. 반드시 국내 출판사 관계자와 동행하거나, 적어도 국내 출판사를 소개하는 자료를 지참해 보여줘야만 한다. 중국 출판사가 해외 출판사와 접촉하는 목적은 단 한 가지, 저작권 수출이다. 그러므로 내 자격이 번역가와 기획자에 그친다면 그들의 기대치를 충족시켜주기 힘들다. 내 뒤에 신뢰할 만한 한국 출판사가 있음을 인지해야만 그들은 기꺼이 나와 정보를 교류하려 할 것이다.

이런 까닭에 중국어 출판번역가는 중국 출판사보다 먼저 국내 출판사와 네트워크를 만들어야 한다. 평소 좋은 기획과 번역으로 탄탄한 국내 출판사 몇 곳과 돈독한 신뢰 관계를 쌓은 뒤, 그들에게서 일종의 '해외 마케팅 대리 권한'을 부여받고 각종 소개 자료를 받아 그것을 중국어로 번역하고 마케팅용으로 심플하게 정리해 중국 출판사와 접촉할 때마다 효과적인 무기로 활용해야 한다.

지금 내 노트북 컴퓨터의 하드에는 국내 출판사 세 곳의 소개서와 사업자등록증 사본, 그리고 그들의 출간 도서 목록이 저장되어 있다. 어느 날 갑자기 중국의 모 출판사가 해외번역지원금 획득을 전제로 어떤 책의 한국 출간을 위챗으로 문의해오면 나는 세 곳 중 어느 한 곳의 소개서와 사업자등록증 사본을 즉석에서 보여주며 협상을 시작하자고 할 것이다. 내 경험상 이렇게 빠르고 정확하게 피드백을 해주면 몸을 사리는 중국 출판사는 단 한 군데도 없었다. 그리고 나와 한 번이라도 이런 업무 관계를 맺어본 중국 출판사는 향후 내가 기획을 위해 자료를 요청할 때 거절하는 법이 없었다. 국제 출판 교류는 거리가 멀어 얼굴을 마주 보고 접촉하기가 어렵다는 이유로 좀처럼 관계를 맺기가 어렵지만, 일단 관계가 형성되기만 하면 상호 신뢰를 바탕으로 장기간 유지할 수 있다. 그리고 이런 관계들이 많아질수록 중국어 출판번역가는 늘 풍부한 일감을 얻을 수 있을 뿐만 아니라, 한중 출판 교류에서 의미 있는 영향력을 발휘할 수 있다.

2019년 베이징국제도서전 참관기

1

2019년 제26회 베이징국제도서박람회(이하 BIBF)가 8월 21일부터 25일까지, 5일간 베이징 중국국제전람중심에서 개최되었다. 프랑크푸르트도서전, 볼로냐아동도서전, 런던도서전과 함께 세계 4대 도서전으로 발돋움한 BIBF에는 95개국 국내외 2,600여 개 사가 참가했으며 32만 명의 관람객이 방문했다. 그중 해외 참가사는 1,600여 개 사로서 60%가 넘었으며 아시아 지역 참가사는 약 53.6%의 비중을 차지했다. 2019년 BIBF의 해외 참가사는 50개가 늘었는데 그중 17개 사가 일본, 9개 사가 한국, 7개 사가 미국인 것이 눈에 띈다. 확실히 한

중 출판 교류가 사드 후유증에서 천천히 회복되고 있음이 감지되었으며 일본 회사 중에서 슈에이샤(集英社), 미국 회사 중에서 DC 코믹스가 처음 BIBF에 참가한 것이 큰 화제가 되었다.

BIBF는 국영기업인 중국도서수출입총공사가 주관하는 대형 국가 행사여서 단순 비교를 할 수는 없지만, 총 41개국 국내외 431개 사가 참여한 2019년 서울국제도서전과 규모 면에서 현격한 차이가 났다. 특히 전시 면적이 가장 대조가 되었는데, 서울국제도서전은 1만 8,372㎡인데 비해 BIBF는 무려 10만 6,800㎡로 무려 5.81배나 컸다. 또한 BIBF는 이번 도서전부터 거대한 중국국제전람중심의 8개 전시관 전체를 다 사용하기 시작했다.

2

BIBF의 전체 전시 구역을 개관하면 먼저 동쪽(E) 4개 전시관과 서쪽(W) 4개 전시관으로 양분되며 E1은 해외출판사 전시관과 저작권센터, E2는 아동서 전시관, E3는 북 페스티벌 전시관, E4는 도서관 유통사 구역과 국제그림책전, 국제독서체험전이고 W1은 중국 출판사 종합

전시관, W2는 주빈국 부스 및 중국 테마별 전시관, W3는 문화상품 전시관, W4는 전자출판관이었다. 2019년 새로 추가된 전시관은 W4였는데 중국 웹소설 플랫폼의 대명사 중문그룹(中文集團), 작가에이전시 중문온라인(中文在線), 웹툰 플랫폼 콰이칸(快看), 중문 폰트 업체 팡정그룹(方正集團), 오디오북 업체 히말라야FM, 모바일교육콘텐츠 업체 뤄지쓰웨이(邏輯思惟) 등 쟁쟁한 업체들이 대규모 부스를 차렸다. 하지만 W4 전체를 다 채우기에는 중국 업체만으로 부족해 다소 휑해 보였고 준비 기간이 부족했는지 관람객이 뉴미디어 출판물을 직접 체험해볼 수 있는 설비가 잘 갖춰져 있지 않았다. 그래서 2019년에는 중국 주요 디지털출판 기업들을 처음으로 한자리에 모아놓은 데에 만족해야 할 듯했다.

사실 이때 BIBF에 오기 전, 2019년이 중화인민공화국 건립 70주년이어서 각종 전시와 이벤트가 지나치게 체제 선전 쪽으로 흐르지 않을까 하는 우려가 있었다. 하지만 그런 우려를 덮을 만큼 2019년 E2 아동서 전시관과 E3 북 페스티벌 전시관의 기획과 구성은 다채로웠다. 먼저 E2 아동서 전시관 내 'BIBF 그림책전'은 책과 전시와 강연과 공연이 하나로 어우러진 일종의 '테마

파크'였다. 부모가 아이의 손을 잡고 티켓을 끊어 전시 구역으로 들어가면 시간대별로 아이와 함께 즐길 수 있는 이벤트가 연속해서 진행되었다. 가수가 대형 스크린에 펼쳐지는 그림책을 배경으로 청중에게 노래와 율동을 유도하기도 했고 다양한 그림책 캐릭터 인형을 갖고 아이들이 뒹굴며 놀 수 있는 장소도 있었다. 유명한 그림책 저자들이 아동교육에 관해 학부모와 직접 소통하는 장면도 눈에 띄었다. 이런 프로그램들이 한 장소에서 동시다발적으로 연속해서 진행되는 것이 놀랍기 그지없었다.

더 인상 깊었던 것은 E3 북 페스티벌 전시관에 조성된 10여 가지의 테마 전시였다. 예를 들어 '세계 원예문화 도서전', '세계 미식, 미주(美酒) 도서전', '세계 팝업북전', '5천 년 중국건축 도서전' 등에 가면 관련 콘텐츠의 실물 및 모형과 관련 도서를 접할 수 있었다. 그리고 '베이징 오프라인 테마서점전'에서는 음악, 미술과 디자인, 고서 등 각기 전문 분야를 가진 베이징 지역 독립서점들이 책과 문화상품을 갖고 나와 개성을 뽐냈다. 심지어 '셰프의 주방'이라는 이벤트 구역에서는 요리책의 저자인 유명 요리사들이 30여 가지 주제로 즉석요리를 만들며 관중들에게 볼거리와 먹을거리를 제공하기도 했다. '건국 70주년 중국 주요 출판물전'이나 '일대일로(一帶一路) 해외번역 중국도서전', '베이징 동계올림픽 테마 도서전'처럼 체제 선전의 성격을 띤 전시도 있긴 했지만 다른 테마 전시들 덕분에 다행히 전체 분위기가 지나치게 경직되게 느껴지지는 않았다.

이와 같은 E2와 E3 전시관의 다채로운 기획은 수많은 문화상품 업체들이 참여한 W3에서도 확인할 수 있었고 W2에서는 중국 정부 출판상 수상 도서 전시와, 주빈국 루마니아의 도서 전시, 작가 강연, 출판 합작 행사가 진행되었다.

3

하지만 BIBF의 백미로서 항상 중국 정부와 국내외 참가 업체들이 가장 주목하고 주요 성과가 창출되는 구역은 역시 W1 중국 출판사 종합전시관과 E1 해외출판사 전시관이다. 중국 570여 개 국유출판사들이 총출동하는 W1 전시관은 2019년에도 기본 골격은 변한 게 없었다. 문을 열고 들어가니 바로 중국 중앙의 최대 출판그룹인 중국출판그룹 부스가 있었고 중국 공산당과 정부가 추천하는 일명 '주선율(主線律) 도서'가 전면에 전시되어 있었다. 그리고 깊숙이 걸어 들어가니 중국 각 지역 출판 그룹들의 전시관이 지난 해와 똑같은 순서로 배치되어 있었다. 그래도 조금 달라진 게 있다면 해외로 수출된 중국 도서들의 전시 공간이 각 출판사마다 더 커졌고 국유출판사의 자회사로 편입된 민영출판기업들의 전시 참여가 약간 늘어난 정도였다. 언론과 출판은 이데올로기 영역이며 중국 공산당은 이 영역에 대한 통제와 관리를 끝까지 포기하지 않을 것이라는 사실을 우회적으로 재확인시켜주고 있는 듯했다.

마지막으로 E1 해외출판사 전시관에서 가장 먼저 눈에 띈 것은 홍콩관, 마카오관 그리고 타이완 출판사들의 부스였다. 현재 중국 정부의 관심도를 보여주기라도 하듯 홍콩관은 어느 해보다 크고 책이 많았으며 마카오관은 2019년 처음 개설되었다고 한다. 그리고 타이완은 현재 중국과의 관계가 좋지 않은데도 어쨌든 개별 출판사 단위로 부스 참가를 했다. 한편 한국은 2019년 BIBF에서 대한출판문화협회와 한국문학번역원이 총 50여 개 출판사가 참여하는 한국관을 공동 운영했고, 또 한국출판문화산업진흥원이 마녀주식회사, 디앤피코퍼레

이션, 뷰아이디어, 락킨코리아, 조아라, 엔씨소프트, 한솔수북 등 10개 사가 참여한 한국전자출판관을 운영했으며 콘텐츠진흥원은 총 12개 기업이 참가한 한국공동관을 마련해 만화, 웹툰 등 콘텐츠 전시와 함께 수출상담회를 진행했다.

이번 BIBF에 참가한 한국 저작권에이전시 담당자의 말에 따르면 2018년까지 거의 제로에 가까웠던 한국 도서 저작권 수출이 다시 활기를 띠기 시작했다고 한다. 이는 사드 이후 한국 번역서 출판을 불허했던 중국 출판 당국의 정책이 3년 만에 대폭 완화될 조짐을 보이는 것이기에 반갑기 그지없었다. 그런데 2019년 BIBF에 부스를 마련해 참가한 한국 출판사들이 거의 아동서와 학습서 출판사였다는 것은 우려스러웠다. 문학, 자기계발, 경제경영 등 다양한 분야의 한국 성인 도서 출판사들이 중국 출판시장에 대해 적극적인 관심을 거두고 있는 것이다. 이것 역시 사드 광풍의 여파이겠지만 향후 중국 출판 당국의 태도 변화를 예의주시하며 다시 새 전략을 짜볼 필요가 있다고 생각한다. 늘 출판 외적인 영향력에 흔들리기는 하지만 어쨌든 중국은 변함없이 출판 한류의 후보지이기 때문이다.

한국어 문장력 단련법

출판번역가 지망생들에게 가장 많이 듣는 질문이 "어떻게 한국어 문장력을 키울 수 있을까요?"다. 그냥 "많이 읽고 많이 쓰는 수밖에요."라고 답해도 되겠지만 그것이 얼마나 무책임한 소리인지 알기에 늘 답답했다. 출판번역가는 뛰어난 글쟁이이고 그런 글쟁이가 되는 데에 왕도가 있을 수 없다는 것은 누구나 인정할 것이다. 더구나 출판번역가들은 대부분 번역을 시작하는 시점부터 이미 뛰어난 글쟁이인 경우가 많기에 지망생들에게 선뜻 "지금부터 노력해도 훌륭한 문장력을 갖출 수 있습니다."라고 이야기해주기도 힘들다.

그러므로 이 꼭지에서 나는 번역을 시작하기 전, 내

가 어떻게 문장력을 단련했는지, 대단히 사적인 방법을 밝히는 데 그칠 것이다. 하지만 그 방법의 효과는 확실히 보장할 수 있다. 더욱이 문장력을 키우는 데만 그치지 않고 출판번역가가 의뢰받는 각종 도서의 다양한 장르 문법까지 체화할 수 있다. 다만 이 방법으로 얼마나 오래, 또 어느 정도의 강도로 노력해야 목표 수준에 이를 수 있는지는 말하기 어렵다. 아무래도 개개인의 능력과 집중력 차이를 고려하지 않을 수 없기 때문이다.

아래는 월터 J 옹, 『구술문화와 문자문화』(문예출판사, 2018)에 대한 내 '발제문'의 일부다.

서문

전자 시대는 '2차적인 구술성', 즉 전화, 라디오, 텔레비전에 의해 형성되었으면서도 그 존립을 쓰기와 인쇄에 힘입고 있는 구술성의 시대이기도 하다.

1. 언어의 구술성

16쪽: 언어는 기본적으로 어떠한 경우에도 말하고 듣는 언어이며 음의 세계에 속해 있다. (...) 인간의 역사상 모든 언어 중에서 문학을 낳을 정도로 충분히 기술하는 일을 위탁받은 언어는 불과 106가지에 지나지 않는다. (...) 오늘날 실제로 말해지는 약 3천 가지의 언어 가운데 문학을 가지고 있는 언어는 단지 78가지이다.

17쪽: 컴퓨터 언어는 무의식적으로 생기지 않고 직접 의식으로부터 생긴다는 점에서 사람의 언어와는 전혀 이질적이다. 컴퓨터 언어는 미리 의식적으로 규칙(문법)을 정하고 나서 그것을 사용한다. 사람의 자연 언어의 경우, 문법 '규칙'은 우선 무의식중에 사용되고 그런 뒤에 실제로 사용하는 방식에서 추상되는 것이다. 그리고 이 추상된 규칙은 명시적으로는 말할 수 있을지라도 결코 완벽하게 말할 수는 없는 난점을 포함한다.

나는 이 책을 이런 식으로 마지막까지 발제했다. 주요 내용에 밑줄을 그으며 그대로 옮겨 적기도 하고 또 여러 문장을 한데 모아 재구성하기도 했다. 나는 모든 장르의 책을 이런 식으로 읽는다. 소설이든, 철학서든, 사회과학서든 독서와 발제를 병행하고 독서를 마치고 나면 매번 A4 5~10페이지 분량의 발제문이 생긴다.

이런 '발제식 독서'를 나는 학부 1학년 때부터 박사 수료 때까지 10여 년간 집중적으로 실천했다. 그 후로도 안 한 것은 아니지만 그때만큼 철저히 하지는 못한다.

당시에는 여러 독서 동아리에 가입해 일주일에 3~4회 이상 토론모임을 가졌으므로 발제가 의무였다. 매번 발제문을 작성해 사람 수대로 복사해가서 공개 발표를 해야 했다. 따라서 창피당하는 일이 없도록 더 자세하고 꼼꼼히 발제를 했다. 지금은 그런 의무가 없으므로 책을 읽을 때 발제를 안 해도 되고, 하더라도 간단한 메모만 해도 상관없지만 한 번 생긴 습관은 쉽게 사라지지 않는다. 여전히 각 잡고 앉아 책에 줄을 치고 옮겨 적지 않으면 당최 독서하는 기분이 안 난다.

발제식 독서를 생활화하면 문장력이 안 좋아질 리가 없다. 생각해보라. 책에는 보통 고도로 정제된 글이 담겨 있다. 그것은 전문 저, 역자가 써낸 원고를 훈련된 편집자가 서너 차례에 걸쳐 교열, 교정을 본 결과물이다. 그런 정확하고 군더더기 없는 글을 오랫동안 베껴 쓰고 재구성하다 보면 나중에는 거꾸로 책 안의 오류를 잡아내고 교정하는 자기 자신을 발견하게 된다. 아울러 어떤 장르, 어떤 스타일의 글도 그럴듯하게 흉내 낼 수 있게 된다. 다시 말해 출판번역가의 기본이 은연중에 확립되는 것이다.

하지만 발제식 독서는 쉽지 않다. 번거롭고 고단해서

독서 자체를 멀리하게 될 수도 있다. 그래서 발제식 독서를 하려면 꼭 독서 모임이 필요하다. 가능한 한 장르별 독서 모임 몇 군데에 등록해 발제와 토론에 활발히 참여하기를 권한다. 발제문 작성은 정밀하고 깊이 있는 토론을 가능하게 하기도 한다. 사실 출판번역가가 되기 위해, 출판번역에 필요한 문장력을 갖기 위해 이런 일을 벌이는 것이지만 나중에는 주객이 전도되는 순간을 경험하기도 할 것이다. 발제와 독서와 토론이 잘 어우러진 독서 모임만큼 행복하고 매력적인 만남은 없기 때문이다. 어쩌면 번역도 근본적으로는 인류의 그런 지적 만남들을 위해 존재한다고 생각한다.

번역가 K가 사는 법

1쇄 발행 2020년 9월 2일

지은이 | 김택규
편집 | 김민희
디자인 | 디스커버
제작 | 제이오

펴낸이 | 서준식
펴낸곳 | 더라인북스
등록 | 제2016-000125
주소 | 서울시 마포구 월드컵로 167 3층 (윤성빌딩)
전화 | 02-332-1671
팩스 | 02-325-1671
이메일 | thelinebooks@naver.com
블로그 | blog.naver.com/thelinebooks
페이스북 | www.facebook.com/thelinebooks
인스타그램 | www.instagram.com/thelinebooks

ISBN 979-11-88403-21-9 13820

이 도서의 국립중앙도서관 출판시도서목록(CIP)은
서지정보유통지원시스템 홈페이지(http://seoji.nl.go.kr)와
국가자료공동목록시스템(http://www.nl.go.kr/kolisnet)에서
이용하실 수 있습니다. (CIP제어번호:CIP2020033875)